U0104165

徐世澤・邱燮友
張　健・徐德智◎合著

目次

《並蒂詩風》序

邱燮友

一、緒論

是誰傳下詩人的行業，用一枝筆開出並蒂花，一朵是古典詩花，另一朵是現代詩花。從民國九十八年（2009）我們邀集了六位詩家，出版了一部《花開並蒂》詩集，每位詩人要寫三十首古典詩，同時也要寫三十首現代詩或新詩，因此命名為《花開並蒂》去年民國九十九年（2010），我們也邀集了四位詩家，比照前年方式，出版了一部《並蒂詩花》，由於每位詩人，要兼備古典詩和現代詩的創作，引起詩壇的重視及好評，並擴展中國詩歌未來的發展，使從事詩歌創作者，有承先啓後的效果；今年比照往例，邀詩了四位詩家，再度出版一部《並蒂詩風》。其中作者為徐世澤、邱燮友、張健和徐德智四位，希望今年這部新詩集，依然像前兩年的作品，能引發國人的鼓勵，並使後起的詩人加入我們的行列，開展中國詩歌的新機運。

二、詩是文化的命脈，時代的原動力

中國是詩的民族，歷代詩歌均有輝煌的成就。詩與文化有息息相關的互動。誠如《易經・賁卦》所云：「觀乎天文，以察時變；觀乎人文，以化成天下。」所謂「天文」，指日、月、星辰，觀察日、月、星辰的變化，可知宇宙、地球季候的變遷和演進。所謂「人文」，指詩、書、禮、樂等，包括人類群體的智慧和經驗拿人文來教化天下，便是文化，而中華文化，便代表了中國人群體所累積的智慧和生活的經驗。近人錢穆教授曾謂：「文化是即生活」。因此中華文化，便是中國人生活方式，它累積了中國人歷代的智慧和生活經驗。

其實文化的類別很多，如物質文化、精神文化、宗教文化、社會文化、政治文化等等。例如中華美食、中國菜，享譽全球，那是屬於物質文化的範疇。而中國詩歌、華語文學，是屬於精神文化的部分，也屬於中國人生活方式的一部分，而「詩、書、禮、樂」，是形成中華文化主要條件之一。

就以「詩」而言，它運用中國文字、語言的魄力，發展成華人特獨的文學，形成了中國是愛好詩歌的民族。

三、《並蒂詩風》四家詩的風格

《並蒂詩風》共邀約四位詩家參與，我們是依年序排列，首位是：

徐世澤，是一位榮總醫院退休的醫生，他酷愛本國的詩歌，也參與古典詩和新詩的創作，一位醫生，從早年便加入詩歌創作的行列，的確是一位另類詩人，一方面以醫術濟世替人治病，另一方面卻是以詩歌替人們陶冶心靈的工程師。他的好學精神更令人欽佩，他曾向張夢機請益，親自到張教授家請教古典詩的鑑賞與創作，並詳細作筆記，紀錄下請益的筆記和心得，這是一份很珍貴的資料，今刊載在本書中，供愛好古典詩的人共同參考。徐詩人是一位古道熱腸的詩家，本書出版費用，全由他一人支援，特此感謝。他的詩風有獨特的風格，他遊歷全球六十四個國家，將所見所聞的山川風物，寫成詩篇。同樣地，他將台灣現實的生活和社會，以環保的觀念寫成詩歌，表現出特有的詩趣和詩境，具有儒者悲天憫人的懷抱，以詩濟世濟人的胸襟。

其次，是筆者本人，從小便熱愛詩學和詩歌，認爲是上蒼給予人們最好的禮物，就是詩歌，類似古人所說的：勞者自歌。用詩歌來撫慰內心的喜悅和愴傷。我所寫的詩論和詩篇，希望順乎自然，不須故意雕作或寫些朦朧難懂的典故和詩句。詩歌就如同通行的鈔票一樣，暢通無阻，平易近人。例如今年台北市所主辦的花博，我寫了不少的群芳譜詩篇，將各種花比喻社會各種女子，各有其姿態和嫵媚。後來我看到報上報導南投縣和杭州市合辦的日月潭和西湖二湖座談會，我也到過西湖和日月潭，並寫了一些二湖的詩，也收集在本集之中。

我認爲詩是社會的一面鏡子，將詩人所思、所欲、所見、所聞，化成詩歌，便是足提醒世人，作爲反省和探求未來發展的方向。就如同北宋時的張擇端（1085～1145），在離亂中，逃到南方，在南宋時追憶北宋汴京（今開封市）的清明繁華景象，畫下一幅長卷的〈清明上河圖〉。我看過會動的〈清明上河圖〉，也寫了一首長詩，將看到的景像和感想，寫入詩中。

其次是張健教授的新詩和古典詩，我認識張健教授，已有數十年之久，他也是台師大國文系畢業的，獲得進修學位後，便在台大中文系任教，直到數年前在台大退休，然後轉入到文大中文系所任教。他是知名的學者教授，又是多才多藝的作家，我記得他早年曾爲《中國時報》副刊寫副刊刊頭專欄，用「汶津」的筆名發表，他爲人率直率眞，筆鋒犀利，才情十足，是標準詩人的典型。我讀過他的《詩話與詩評》，評論前人的詩話，用詩學和文學批評的觀點，原理和方法，來評論詩歌，都有新穎的創見；同時，他評論袁枚的人物詩和詠物詩，絲絲入扣，撼人心魄。他的新詩和古典詩，文如其人，也是率直率眞眞性情的流露。詩人的可貴，便是在一個「眞」字，猶如王國維的《人間詞話》，主張凡是眞景物眞感情的作品，便是有境界。張教授的作品便是如此，使人讀後，久久難以忘懷。所作多爲短製，節奏明快，迅捷有力，直指詩心。同時，他的加入「並蒂」系列的詩集，使這一系列的詩集，增色不少。

其次，徐德智講師，我認識他，是在東吳大學教員休息室，因聊天，才知道他是東吳大學中文系的老師，他在教大學部的「詞選及習作」，我問他除了創作古典詞以外，有沒有創作舊詩或現代詩，他回答我兩者都有不少的作品。由於對詩歌的愛好，無形中，我們便成爲志同道合的朋友，在開學期間，我們會定期而遇，談論詩詞外，並對未來詩詞的發展，寄予深遠的期望。因此在這本《並蒂詩風》中，我也邀請他加入我們的行列，他的新詩小篇比興，詩意雋穎；他的古典詩部分，全部以古典詞代替，使並蒂詩集系列，開拓了古典詞的領域，帶來古典詩歌的新面目。其詞文句清雅。而措意良深，每於世事流轉之間，潛運筆力。他是位傑出的後起之秀，由於因緣際會，才有機緣見面，成爲《並蒂詩風》的一分子，也是才子型的新詩人，又有無限的親和力。

四、結論

每次讀曹丕的〈典論論文〉，其中有一段文章：「蓋文章經國之大業，不朽之盛事，年壽有時而盡，榮樂止乎其身，二者必至之常期，未若文章之無窮。是以古之作者，寄身於翰墨，見意於篇籍，不假良史之辭，不託飛馳之勢，而聲名自傳於後。」這段話，對後世從事文藝創作者，有無限的啓示和影響力。我相信我們的作品，一定比有限的生命要存在的久遠；我們不敢期待我們的作品能推開永恆之門，但起碼我們快樂地創作詩歌，能做到「以文會友，以友輔仁」的境界，並期待有新詩人加入我們的行列，每年出版一部「並蒂」詩系列的詩集，共同弘揚中華詩教，啓開中華詩歌的新途徑。

西元2011年10月5日

徐世澤簡介

作者出席兩岸詩詞筆會留影（2008）

江蘇東台（興化）人，一九二九年三月十三日生。國防醫學院醫學士、公共衛生學碩士，曾赴美、澳、紐等國考察研究，十四度代表出席世界詩人大會，足跡遍布六十四國。曾任醫院主任、秘書、副院長、院長、雜誌總編輯等。作品散見各報章雜誌，並列入世界詩人選集，出版中英對照《養生吟》詩集、《詩的五重奏》、《擁抱地球》（正字版、簡字版）、《翡翠詩帖》、《思邈詩草》、《新潮文伯》、《並蒂詩帖》、《健遊詠懷》（正字版、簡字版）、《花開並蒂》（合著）及《並蒂詩花》（合著）等。

曾獲教育部詩教獎。現任中國詩人文化會副會長、台灣瀛社詩學會常務監事、《乾坤詩刊》社副社長等。

作者出席瀛社詩書展留影（2011）

作者與御醫姜必寧教授合影（2009）

作者與御醫姜必寧教授合影（2009）

詩論

新詩

古典詩

作者2011年於故宮前留影

並蒂詩風韻味濃

徐世澤

我於1997年初，出任《乾坤詩刊》社副社長。爲了響應「傳統現代聯姻，繁榮我國未來詩壇」，我曾說古典詩的優點有三：1. 有一定的格式，2. 富有韻律，易於記憶、傳誦，3. 簡短精煉，意味深長。而現代詩的優點亦有三：1. 意象鮮明，2. 用字造句比較活潑，3. 用詞的表達技巧等。我認爲古今二體可以共存共榮，互補有無。於是我雙向學習，從事兩種詩體的寫作，已逾十五年。四年前，有了《花開並蒂》出書的念頭。

古典詩中的近體詩（格律詩），是以漢詩爲載體。漢字是世界上獨一無二，以單音、四聲、獨立、方塊爲特徵的文字。漢字把字形與字義，文字與圖畫，語言與音樂等絕妙的結合在一起，這是其他國家以拼音文字所無法比擬的。近體詩給人以形式整齊美、音韻節奏美、比喻對仗美、含蓄明快美和吟誦易記美的五美俱全，是不可廢，絕不會被廢，也是目前現代詩不能取代的。

我的詩觀，可說是中庸派。認爲古典詩存在兩千年，應有其價值。今日的創新，也就是明日的傳統。現代詩是詩歌流變的必然趨勢，凡一代有一代的文學，正如宋詞、元曲一樣。而古典詩一直存在，當然七言絕句、律詩還會有人寫，可以導入創新，繼承而能創造，乃是舊瓶裝新酒。當亦應與其他詩體並存，各展其所長。近體詩不但要容新古體詩、五古絕、七古絕，以及打油詩、順口溜等，而且要與現代新體詩、新格律詩、散文詩等詩體互相觀摩學習，取長補短，共同為中華詩國而努力。只要寫到情眞、意新、格高、味濃，經過三、五十年讀起來，仍有其啓發性，就是好詩。

近體詩形式甚美，但畢竟規則嚴格，相對的是比較難作，但難作不等於不能作，更不等於不能普及。對於任何詩人來說，近體詩都不是生而會作，都會有個不合「正常規格」的階段，到逐步符合「正常規格」的過程。對這個成長過程，應當持包容的態度。初學寫詩者可以由易到難，從寫七古絕或新古體詩入手，先做到「篇有定句（四句）」，「句有定字（七字）」、「韻有定位（順口韻押在第二句末及第四句末）」。這樣相對容易一些。使愛好古典詩的人不斷增加。在此基礎上，其中必有一部分人興趣濃厚，力求步入正軌，願再在「平仄」上下功夫，逐步掌握「正常規格」的要求。如此便可在普及基礎上提高，而繁榮近體詩（格律詩）。我之所以不厭其煩的講出這個推廣詩教辦法，乃是肯定漢字不滅，近體詩就不會亡，永遠會和現代新體詩「比翼雙飛」，共存共榮。七十歲以上老人能讓手部、眼睛與大腦協調，活躍老化，寫些應景詩和酬唱詩，與詩友們歡聚，更可以延年益壽。

依我從事醫療工作四十餘年的體會，寫詩是想說出內心的話，擴大視野，豐富了生命，把憂愁、感傷、怨恨、憤怒都表達在詩中，使生命力更有抗壓性；白天在上班或社交場合所受的委屈，全在晚餐後寫詩時消失，翌晨照樣精神振奮，盡力從公，毫無怨尤，眞是作詩之樂樂無窮。

1995年退休後，更認爲寫詩應對人生與事物有深刻的觀察、理解、思考，體現詩能解脫人的心靈。現代詩應具備中國詩的風味、民族的氣質、吸收古典詩的優點。要富於想像空間的意象語言美，古典旋律與現代節奏的融合美，選擇暗示性強的象徵和隱喻，並帶有抒情性。再加上分行分段吸睛，具有能看能聽的生命力，實現生活的昇華和個性的表現，使詩成爲與人類的生命更貼切，更有意味；也可啓人思索、傳誦，便於記憶，成爲一種盛行的美學新體詩了。

我寫的現代詩，雖無法與前輩詩人相比，距離他們的成就甚遠。但自覺仍可供中學生及社會人士參閱，或能引起他們的共鳴。而古典詩也知將人生況味寫入詩中。自覺古典詩有點模樣，在「萬卷樓」出了一本《健遊詠懷》詩集，在古典詩學會群中聊備一格。近三年來，同時寫兩種詩體，與邱燮友教授等合著《花開並蒂》、《並蒂詩花》和《並蒂詩風》等，期能助二者大融合。今年我已83歲，看體能還可活上三年五載，盡其所能勤加推動。雖不算是詩人，至少可成爲推廣詩教者，庶不辜負1993年教育部長頒給的《宏揚詩教》獎牌。

我習作古典詩的筆記

徐世澤

前言

我於1995年退休後，即拜師學寫詩。最初是方子丹教授，接著張鐵民教授，2004年復拜張夢機教授於藥廬，直到2010年夏始止。其間有林正三理事長爲我修改拙作，我可算是一個終身在學詩中。

因我是醫師出身，平時所觸及的多爲醫療行政和英文書，很少閱讀文藝刊物。55歲時我當了醫院雜誌總編輯，對詩才有一點興趣。

1998年，追隨方子丹教授，是調平仄聲階段，他要我熟讀唐詩三百首和勤翻《詩韻集成（附索引）》，隨時可找出某字是平聲或仄聲。六年時間可勉強湊四句。他爲我所寫的《思邈詩草》作序。接著求教張鐵民教授，我只想習作七言絕句，他便熱心地指導，並給我一本講義，我很容易學會了一些規格。到了2004年10月，蒙張夢機教授約見，林正三理事長專車載我前往。夢機師願收我爲徒。因他必須坐輪椅，左手不能動，右手寫字時歪歪斜斜地很吃力，多以口述爲主。我每個月到新店藥廬一次。學了五年半，他爲我審訂

《思邈詩草》，另行出版一本《健遊詠懷》，並惠賜序言。我每次上課都用心聆聽。筆記了許多寫詩的規則和範例。我把他所教的尊稱爲「名家立說」。因上三位教授均已先後作古，今特將其所教的整理出來，分述如下：

一、習作初步

（一）造句讀詩

我是每星期二下午三時至五時，往方子丹教授住宅上課，他先教我熟讀《唐詩三百首》中的七言絕句，模仿前人的詩句，寫兩句順口的句子。方教授當場審閱，並指正。

（二）調平仄聲

接著學調平仄聲，要我勤翻《詩韻集成（附索引）》，四個月下來，便可寫四句順口的七言詩，有時方教授還會找出我的平仄聲錯誤。

（三）練習作詩

半年後，我仍然是每星期二下午上課，方教授先作一首詩傳給我看，就依他的題目或自由擬題寫四句，當天交卷。下星期二來時，他就改好發還，並解釋爲何改這幾個字。通常修改多是用字不妥或不雅。很少一句全換寫的。算起來，一年至少寫50首，六年下來，便成一書《思邈詩草》。

二、七言絕句規格

（一）七言絕句

七言絕句（簡稱七絕），即以七個字爲一句，計四句爲一首。共28個字：第一句是起句，第二句是承句，第三句是轉句，第四句是合句。按「起、承、轉、合」的意旨，在一首絕句中，以第三句爲最重要，因轉句是一首絕句中的靈魂。並有其一定的規則與格式。現分別舉例於後：

平起式與仄起式，以首句第二個字爲準。如首句第二個字是平聲，即是平起式，如首句第二個字是仄聲，即是仄起式。

平起式首句押韻

平平仄仄仄平平，仄仄平平仄仄平。

仄仄平平平仄仄，平平仄仄仄平平。

註：下列各詩中的平聲字，是用「－」的標示。仄聲字是用「｜」的標示。

僞藥

奸－人－售｜藥｜沒｜心－肝－，

仿｜冒｜明－知－治｜病｜難－。

掛｜上｜羊－頭－銷－狗｜肉｜，

胡－言－野｜草｜是｜仙－丹－。

仄起式首句押韻

仄仄平平仄仄平，平平仄仄仄平平。

平平仄仄平平仄，仄仄平平仄仄平。

農民怨

酷｜暑｜嚴－寒－怕｜地｜荒－，

防－颱－避｜雨｜下｜田－忙－。

秋－收－賣｜得｜錢－多－少｜，

不｜若｜歌－星－去｜趕｜場－。

平起式首句不押韻

平平仄仄平平仄，仄仄平平仄仄平。

仄仄平平平仄仄，平平仄仄仄平平。

午夜太陽（挪威）

斜－陽－不｜落｜重－溟－外｜，

登－上｜地｜球－最｜北｜端－。

永｜晝｜天－光－書－可｜讀｜，

孤－高－岬｜角｜濕｜風－寒－。

仄起式首句不押韻

仄仄平平平仄仄，平平仄仄仄平平。

平平仄仄平平仄，仄仄平平仄仄平。

莫斯科紅場（俄）

聖｜地｜紅－場－今－變｜相｜，

列｜寧－陵－寢｜展｜時－裝－。

宮－牆－附｜近｜名－牌－店｜，

馬｜克｜思－前－廣｜告｜張－。

對以上所舉範例，皆屬正常。惟每句第一個字，用平聲字或用仄聲字，用仄聲字或用平聲字，皆不論外，但每句第三個字亦可不論；其餘當用平聲字，即用平聲字，絕不可用仄聲字，當用仄聲字，即用仄聲字，絕不可用平聲字。因此七言絕句規格中的每句第「五」個字的平仄聲，即必須遵守用平仄聲的規則。

（二）三連仄

三連仄即七言絕句中，於每一上句的第五、六、七字，不可連用三個仄聲字。例如：「仄仄平平仄仄仄」，擬作「舞｜影｜琴－聲－富｜幻｜化｜」，擬改「舞｜影｜琴－聲－多－幻｜化｜」，才合規格。所以此三連仄，爲詩人所禁用。但目前較不嚴限，可用。

（三）三連平

三連平即七言絕句中，於每一下句的第五、六、七字，不可連用三個平聲字。例如：「平平仄仄平平平」，擬作「濃－裝－不｜避｜人－來－看－」，擬改「濃－裝－不｜避｜客｜來－看－」，即合規格。所以此三連平，爲詩人所必須禁用。

（四）拗救法

拗救法爲近體詩的變格，即七言絕句中的上句，於必要時，可將第五、六字的平仄聲對調而補救。例如：「仄仄平平仄平仄」，擬作「囚－禁｜八｜年－河－隔｜看｜」，此句平仄聲無誤，但「河隔看」似有點拗，擬改「囚－禁｜八｜年－隔｜河－看｜」而救之，似較順妥。所以此拗救法，爲詩人所活用。

（五）孤平

孤平即凡七言仄起押韻的詩句中，除所押韻腳平聲不算外，其句中只有第四個字是平聲，其餘皆是仄聲字，即稱孤平。應在該詩句中第五個字用平聲，才算符合拗救法。例如：「仄仄仄平仄仄平」，擬作「竟｜是｜土｜樓－莫｜漫｜誇－」，此七言詩句末的「誇」字是韻腳，雖是平聲不算。其中只有第四個字「樓」字是平聲，其餘皆是仄聲字，擬改「竟｜是｜土｜樓－休－漫｜誇－」。一句中有樓、休兩個平聲字，即不算孤平了。但目前較不嚴限，凡七言詩句仄起的第二句、第四句，其第一個字是平聲，與第四個字是平聲，即不算孤平。如此放寬限制，當有利於詩的推廣。

（六）押韻

押韻即作詩用韻，凡句末所押的韻，稱爲韻腳。例如：七言絕句的第一句末押韻，第二句末必須以同韻字押韻，第三句末不須押韻，第四句末亦須以同韻字押韻。此是構成詩美的主要成分，具有音樂美，易於背誦和歌唱，琅琅上口，易於記憶。

（七）體韻

體韻是指詩的體裁和詩所押的韻腳。因作詩必先出詩的題目，在題目之下，必須寫著「七絕」。如此七絕（即七言絕句）即詩的體裁，簡稱爲體。接著必須寫出限押那一個韻腳，簡稱爲韻。此在題目之下，所限體韻的規格，作詩者必須遵循。體韻不拘，即是由作詩者自行決定體裁和韻腳。不限韻即是，由作詩者自行決定韻腳而已。

三、名家立說

（一）詩有五意

(1)曲意（訪友：清王仔園）

亂烏棲定月三更，樓上銀燈一點明。
記得到門還不叩，花陰悄聽讀書聲。

這樣才有詩意。要含蓄才有韻味。如果一到門就敲，只進來喝茶聊天，那太直了。

(2)深意（初食筍呈座中：唐李商隱）

嫩籜香苞初出林，於陵論價重如金。（於讀烏）
皇都陸海應無數，忍剪凌雲一寸心。

詩意很深，詩要避俗，尤要避熟，剝去數層才著筆。此詩意責怪，怎麼忍心剪掉凌雲參天的竹子前身。而摧殘民族幼苗。

(3)複意（謁神仙：唐李商隱）

從來繫日乏長繩，水去雲回恨不勝。

欲就麻姑買滄海，一杯春露冷如冰。

你想向人借兩萬元，他只肯借你兩百元。

此表示希望甚大，而所得甚微。另：（近試上張籍水部：唐朱慶餘）之「畫眉深淺入時無？」，亦是複意。

(4)反意（赤壁：唐杜牧）

折戟沉沙鐵未銷，自將磨洗認前朝。

東風不與周郎便，銅雀春深鎖二喬。

翻案詩有好有壞，見解要夠，史書要讀得多。第三、第四句要連貫，才有意思。

(5)新意（遇艷遭拍：民國徐世澤）

婉約溫柔眸放電，盈盈一把更銷魂。

凡夫俗子無緣識，顯貴偷腥狗仔跟。

只要做得好的，都叫做新意。道前人所未道，爲後人所佩服，就是新意。

（二）詩有六起

(1)明起（下江陵：唐李白）

朝辭白帝彩雲間，千里江陵一日還。

兩岸猿聲啼不住，輕舟已過萬重山。

開門見山，首二句就表明詩意。

(2)暗起（詠石灰：明于謙）

千錘萬擊出深山，烈火焚燒若等閒。

碎骨粉身終不顧，只留清白在人間。

不提詩題。

(3)陪起（聞樂天左遷江州司馬：唐元稹）

殘燈無燄影幢幢，此夕聞君謫九江。

垂死病中驚坐起，暗風吹雨入寒窗。

第一句是蓄勢，燈影模糊下聽到被貶。第三句驚坐起，力量很大。陪前三句的情，第四句一定要以景作收。

(4)反起（宴七里香花下作：清范咸）

唐昌玉蕊無消息，后土瓊花再見難。

宦閣猶餘春桂影，婆娑長得月中看。

從反面引出本題。

(5)引起（宜蘭龜山島：民國徐世澤）

萬頃波濤往復回，北關覽勝有亭台。
東看碧綠懸孤島，直似神龜出水來。

由眼中所見景物，以引出正意。

(6)興起（北海岸望鄉：民國徐世澤）

裂岸驚濤撲面來，浪花萬朵水中開。
遙知天上一規月，應照家鄉黃海隈。

乃是由心中所感懷之事物，或觀景而生出感興，以引出題意。

（三）七絕句十三種作法

(1)起承轉合法

起句要高遠、扣題、突兀。承句要穩健、連貫自然。轉句要不著力，新穎巧妙。結句要不著跡，含蓄，深邃。如王昌齡之〈閨怨〉：

閨中少婦不知愁（起），春日凝妝上翠樓（承）。

忽見陌頭楊柳色（轉），悔教夫婿覓封侯（合）。

(2)先景（先事）後議法

前兩句或三句寫景或事實，後兩句或一句寫議論。觸景生情，就事生議。如：

萬頃波濤往復回，北關覽勝有亭台。

東看碧綠懸孤島，直似神龜出水來。

後一句含意深遠，耐人思索。

(3)先議後景（後事）法

另出新意，使議論不抽象，不枯澀。如：

勝敗兵家事不期，包羞忍辱是男兒。

江東子弟多才俊，捲土東來未可知。

(4)作意置於前二句法

前二句題旨已說盡，後二句回頭敘述千里路程中的景色及舟行之速。如李白之〈下江陵〉：

朝辭白帝彩雲間，千里江陵一日還。

兩岸猿聲啼不住，輕舟已過萬重山。

(5)作意置於結句法

如李商隱之〈賈生〉：

宣室求賢訪逐臣，賈生才調更無倫。
可憐夜半虛前席，不問蒼生問鬼神。

結句言漢文帝不關心百姓，只關心鬼神。

(6)第二句既承又轉法

如竇鞏之〈南遊感興〉：

傷心欲問前朝事，惟見江流去不回。
日暮東風春草綠，鷓鴣飛上越王台。

首句是起，第二句既承又轉。三、四句一氣直下，以顯出作意。

(7)末句寓情於景法

前兩句敘事或寫景，第三句寫人的心理活動與心理狀態，其第四句卻以景作結。如元稹之〈聞樂天左遷江州司馬〉：

殘燈無焰影幢幢，此夕聞君謫九江。
垂死病中驚坐起，暗風吹雨入寒窗。

第三句驚字是心理狀態，第四句以景結情，留給讀者去領悟，去想像。

(8)末句轉而帶結法

如李白的〈越中覽古〉：

越王勾踐破吳歸，義士還家盡錦衣。

宮女如花滿春殿，只今惟有鷓鴣飛。

前三句一意順承而下，末句陡轉而結。

(9)倒敘突出重點法

如張繼之〈楓橋夜泊〉：

月落烏啼霜滿天，江楓漁火對愁眠。

姑蘇城外寒山寺，夜半鐘聲到客船。

結句「夜半鐘聲」照次序，是在對愁眠的第二位，最後才是「月落烏啼」。因寒山寺增加了楓橋的詩意美，使全詩的神韻得到完美的表現，具有無形的動人力量。

(10)對比法

能突出事物的本質特徵，增強鮮明性和表現力。今昔對比，常用「憶昔」、「去歲」、「別時」等開頭，第三句常用「如今」、「今日」、「而今」等。如：

三十年前此院遊，木蘭花發院新修。

如今再到經行處，樹木無花僧白頭。

(11)承對合用法

前兩句對仗，後兩句承接，也可前兩句承接，後兩句對仗。如李益之〈夜上受降城聞笛〉：

迴樂峰前沙似雪，受降城外月如霜。

不知何處吹蘆管，一夜征人盡望鄉。

(12)並列對合法

四柱式的對仗，分別寫四個事物或一事的四面，成爲一種天然畫面。如杜甫之〈絕句〉：

兩個黃鸝鳴翠柳，一行白鷺上青天。

窗含西嶺千秋雪，門泊東吳萬里船。

(13)就題作結法

如韓偓之〈巳涼〉：

碧闌關外繡簾垂，猩色屏風畫折枝。

八尺龍鬚方錦褥，已涼天氣未寒時。

此詩通首佈景，不露情思，而情愈深遠。

以結句呼應題意，是謂之就題作結。

說明：七絕共二十八字，每字都有一定的位置，都要發揮特別的作用，語近而情遠。七絕句的作法多種多樣，怎麼寫都可以。但要靈活運用，才不致遇到一題目，無從著筆。平時要多讀詩，多寫詩，多揣摩詩，靈感來時，緣思措辭，充分發揮自己的思想感情。保證寫詩的人，不會患失智症，多能延年益壽。

（本文為紀念方子舟、張鐵民、張夢機三位教授而寫。並感謝林恭祖、鄧璧、江沛、林正三等四位詞宗悉心指導。）

參考資料：

1. 《唐詩三百首》　三民書局
2. 《詩韻集成》（附索引）　三民書局
3. 張鐵民編著　《中國詩學講義》　青峰出版社　1995
4. 林正三編著　《台灣古典詩學》　文史哲出版社　2007
5. 張夢機口述資料：徐世澤筆記　2005～2009年

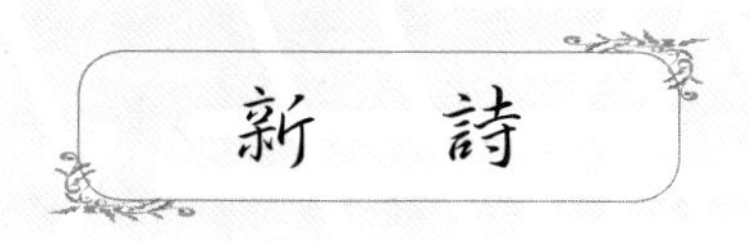

壯麗的太平洋

浩瀚壯麗的太平洋
我每週都站在蘇花公路上
向東仰望

你的雙臂擁抱地球
巨浪閃爍著光芒
不懈地搏擊礁石、崖岸
如萬馬奔騰狂嘯
令我振奮與豪放

我從你日夜推湧的浪花
看見你湛藍深邃的眼神
分享你柔和吹拂撫慰的海風
彈撥輕涼悠邈的琴音
使我心裡搖盪，靈性舒暢

2010年10月26日
梅姬颱風夥同東北季風
怒吼、嚎叫，洶湧的豪雨
沖刷我經常佇立的地方
以土石流吞沒了26人的生命

氣象局提醒我
有颱風大豪雨警報時
別去土石流危險的地區
因而我當天不在災難現場

啊！太平洋，你浩瀚壯麗
我領受到你照顧的真情
讓我享有你遼闊湛藍的美景
而今，我仍每週來到蘇澳港
站在燈塔上，深情仰望

地震海嘯和核災

一陣天搖地動
書架發出背痛哀鳴
窗户喀喀，玻璃碎片掉落滿地
高樓大廈瞬間倒塌
災民連爬帶跑衝向户外

海嘯警報要民眾向高處逃
巨浪就跟在後面追
大地瞬間變成海洋
農田房舍不見了
仙台機場的飛機和汽車
全都漂浮在水面
像玩具和積木被解體

捲起的車船堆疊在大街
房屋像骨牌一一傾倒
橋樑和鐵軌都扭曲變形
路面支離破碎　無法通行

福島核電廠受到嚴重沖毀
冷卻系統失靈　溫度飆升
輻射塵外洩飄散
造成嚴重汙染與世紀災難
居民撤離到三十公里外
避難以安身
食材污染　鄰國恐慌

斷水斷電　缺油缺糧
連喝口熱湯都不易
生活機能陷於癱瘓
宛若一連串惡夢
末日慘況

陽明山四季的景觀

巍巍挺立的陽明山
山路像彩帶，沿路綻放
一束束靈感的花朵
在蜿蜒的山路上漫步
欣賞繁花馨香
聆聽山泉琴音
仰觀瀑布的雄壯
凝視小油坑飄浮的煙嵐

山間小徑
是一首平仄分明的格律詩
一樣有野花怒放，山櫻嬌艷
一樣有樹木蔥蘢，松柏沉毅
一樣有溪流叮咚，流水晶瑩

春季放飛翠綠的容顏
櫻花、杜鵑怒放
春夏間還有澤蘭等小花
和茶花競艷

嬌小迷你可愛的身形
讓人眼神為之晶亮

大屯山自然公園
斑紋小蝶在花間飛舞
夏秋蟲鳴，彈撥天籟
不停的縱情歌唱
秋季山茶、波斯菊、向日葵
芳草四溢
十月七星山上的芒花
如少女馬尾，輕盈搖曳

七星山頂上，指天的
監視長劍，直刺蔚藍天空
高聳、挺拔、威凜
擎著監視、偵測
四面八方的動靜

金山風情

金山，北台灣海岸線的中點
三面環山，一面臨海
景觀優美，民風純樸

車停中山公園旁
走上平坦的人行道
漫步金包里老街
美食在眼前洋洋灑灑！

圓滾滾的金山地瓜
亮麗外型的茭白筍
在海邊長大的黑芋頭
清香滑嫩的手工豆腐
樣樣是人間美食

午後，在中角海岸遊憩
大屯山腳下留足跡
玲瓏有致的美人山
海天一色與閃耀的金泉浴池

都是來自地心的溫暖
黃昏時，觀賞蝕柱的燭台嶼
海鳥環繞它高飛
襯著金黃色的天光霞影
在金山的一天
心情為之舒暢

鳥語花香的春天

春雷隆隆
動魄的紫光隨閃電而來
轟破殘冬
飛濺大地，一片燦亮

春雨綿綿
灑出遍地嫩綠
染亮滿山遍野，潑墨蔥蘢
如一幅大千山水

風光明媚，鼓浪綠柳
小鳥在林間歌唱
譜成一曲令人飛舞的樂章
在大自然的樂壇公開演奏

競放的百花
將大地裝扮成一隻大花籃
邀來粉蝶翩韆
蜜蜂也在花朵上吟誦詩篇
踏青的人們飄飄如神仙

櫻花

早春，二三月
陽明山上的櫻樹
都用力漲紅了臉
綻放嬌美的花朵
射出一簇簇艷紅的春光

春風時寒，逗她動盪不安
挽著樹枝低低吟唱
春雨料峭，害他含淚微笑
又日夜微笑流淌

櫻花，世人愛她
如愛情人一樣
開了又開的櫻花
在晚春四月
如血跡斑斑的花瓣
無聲落滿大地

後花園的琴師

家住天母
擁有陽明山後花園
夏秋之交，開車上山
路經深谷茂密森林
遊人如情郎悄悄窺視
傾聽紡織娘的金音

當她彈奏時
總以淡綠色的前翅，和
薄紗似的後翅一起振動
摩擦出唧唧吱吱沙沙
初聲高雅，尾音悠揚
像伊梭呀伊梭的機杼聲
相互交織，昂揚鏗鏘

而夏蟬因風叫得響亮
約同紡織娘琴師伴奏
一起大合唱
帶來了涼爽

更加動聽，令人激賞

閒居在家，臨窗北望
耳邊就響起
她們那優雅的韻律
心裡更加多一份舒暢

秋風

秋風吹奏一曲金秋的旋律
成熟的絳紅、金黃
沉甸甸地遍地琳琅

她梳下凋落的樹葉和花瓣
撒遍大地，化作淨土
重新構思明春的斑斕

她使幽靜的綠水
在秋陽下輕晃
泛著粼粼波光
岸邊蘆花瑟瑟的作響

她吻我的頰，撫摸我的臉
全身感受涼爽
我的視線，隨著空中
盤旋的鷹
一圈一圈向天空飛升

花果山發射的光芒

——寫給花果山詩詞

臥在陽明山下
思緒徘徊在連雲港邊
想像著你卓然挺拔的容顏
出現你贈的書前

向西北遠眺天際
尋覓你芳香撲鼻的足印
大哉中華詩國
到處有你的倩影

任海峽和黃海阻隔
不能束縛你卓越的貢獻
蘇北花果山發射的光芒
溫暖多少海州同胞的心

西瓜單品

你祖先在非洲
由西洋輾轉移植
直到宋朝才落腳中原

你，外型圓而光潤
蔥翠青綠紋身
紅瓤香甜復多汁
有利消暑與胃腸蠕動
是台灣夏季的聖品

你雖出身沙埔溪畔
卻具有國際認證，優良食品
冰鎮美味，勝過檸檬
如番茄含有茄紅素
用以待客，媲美紅酒
有益眾生

你，還可奉獻皮內白肉
冰後涼拌，更清脆可口
全民餐桌上，家家都有

老窖與高粱對飲

瀘州老窖飄過海峽，來台
與金門高粱相配
他們相聚，快樂對話
無限歡欣
溫暖了醉翁的胸膛
比在寒冷的地窖裡溫馨
予人狂喜的紅顏

我十分欣羡
也盡情暢飲兩杯，卻醉了
半夜，胸腔欲裂
嘔吐出一肚子鬱悶
搖搖擺擺站立不穩

妻子看我一臉蒼白
連忙送醫
輸入一千西西血液才活過來
至此，酒與我絕緣

我還是羨慕

陶潛每飲必醉

醉了便吟歸去來兮

李白一飲三百杯

醉入水中去捉月

人生一場足球賽

人生一場足球賽
上半場45分鐘
相當於青年期功過得失
由於外界或自身因素
有人走錯了路
致使在職場有諸多無奈

中場休息15分鐘
相當於40至45歲間
這是停下腳步進行思考的機會
適合改換跑道，繼續深造
展現天賦才華

在下半場的45分鐘
相當於壯年而知天命
會有柳暗花明的來臨
還可翻轉局勢拿到好成績
打成平手，甚至逆轉獲勝
創造最大的成就和樂趣

打成平手，還可
加時賽30分鐘
相當於退休後想做愛做的事
有新的發展空間
點亮了後半個人生
締造暮年，滿足樂活

現代原罪

現代人，在地球村裡
受到暖化的懲罰
氣候異常，人人遭殃
而逐漸揭開的禍因
遠多於吾人所見的災害

田園因豪雨成了滾滾土石流
原是綠地皆成石灘
原是良田變為沙埔
尤其冰川融解
引起島嶼恐慌
地震震倒樓房
海嘯使十萬遊客瞬間失蹤
怒爆的火山，居民失散

工業煙霧，空氣汙染
人類招致天譴
工廠和家庭廢水
流經河川，注入海洋

海產吸入毒素
毒害人們器官
天災加水荒、糧荒
導致千萬人飢餓死亡

所謂現代，是物化殺手
社會愈來愈喪失倫常
詐騙猖獗，盜賊橫行
老人不堪應付
政局也擾擾攘攘
政客是非扭曲，黑白不分
什麼和平、安全、幸福
都是奢望

恐怖份子，喪盡天良
炸毀無數蒼生
現代人似乎無法解決
卻將苦難禍延子孫

人體素描

鮮艷霓裳
白嫩靈巧的手臂，輕輕揮灑
飄盪著如絲的柔髮
姣潔的臉蛋兒
微露紅唇、皓齒
扭動兩座雪峰、柳腰
全身呈現最驚艷的玲瓏

妳亮如星芒的眼眸
含情脈脈，飄移誘惑
向我飛來，美似彩霞微笑
淺若玉杯酒渦
漫溢著甜美春汎

我想吻你玉杯
欣賞妳星芒和彩霞
傾聽妳從明眸皓齒發出
娟秀的音籟
挽妳手臂、摟妳柳腰

攀登雪峰
在藍空瀑布的月夜
瀟灑走一回

初吻

妳的明眸，閃爍光芒
帶著浪漫的波光，向我瞻望
使我冷靜的心房
掀起夢幻的緊張

妳身上散發的清香
猶如巧克力的甜味
尤其嬌喉有悅耳的音節迴盪
以及紅唇皓齒，令我抓狂

當彼此戀慕，一觸即發
讓我感受到通體舒暢
可離開時，總依依不捨
只有親吻的瞬間
才是地久情長

對不起，我不傷害你

——給自己

對不起，1978年
過年前後打牙祭
酒喝多了，肉吃多了
年初六突然嘔吐、腹瀉
腸內出血，臉色蒼白
站立不穩，住院治療
輸血一千西西才脫困解危

對不起，1983年
主管對我諸多挑剔
常常公開揶揄
工作壓力過大
幾乎忘了你！之後
發出警訊，狀況百出
好一陣子，才走出陰霾

1994年退休，才想到愛
你是陪我走到終站的伙伴

比老婆更親
比財富更珍貴

我工作期間，感謝你
任勞任怨支持我
才能犧牲享受，樂觀進取
暮年滴酒不沾，飲食清淡
才深深懂得愛護你
讓我活過國人的平均餘命
今已八十三，健康如中年

懷藥樓詩宗

——念張夢機教授

藥樓像一座智慧的寶藏
有名詩、名畫、名曲
吸引我2004年到此挖寶
翻閱、學習、觀賞、聆聽
坐在輪椅上的藥樓詩宗
使我獲得詩學寶典

2010年端午前夕
藥樓詩宗微弱得令我辛酸
他將焦慮寫在臉上
身體有了不堪折磨的病象

未想到就在
同年8月12日，文曲星沉
他偏駕仙鶴翩然飛逝——

靈堂肅穆，白菊含淚
使我想起藥樓詩宗昔日容光

再次聆聽周璇歌聲，名詩吟誦
瞻仰遺容，不禁熱淚盈眶

此後，每恭讀《夢機詩選》
翻閱《藥樓近詩》
無盡詩意如恆星閃爍
獨創的佳句，始終迴盪
如今，一代詩仙升空
我只有淌淚追思、懷想……

祝金筑兄壽

你的壽辰
勾起我十年前的回憶
你宛若由眾星之國下凡
帶來歡樂
使詩會散發激昂的氣氛

你的眼神如南極仙翁
律動、宏亮、光明
你那令人欣羡的才智
啓發我的詩藝
有如星辰的詩語

你的朗誦如天使歌唱
華美的節奏傾瀉而出
散佈於眾詩友心中
有時閃亮如明星
起落直達天庭

你的詩歌築成壽堂

亦如桂冠，有應得的榮耀
天空有五彩紙片飛舞
為你壽辰祝賀
朗聲歡笑吧，不朽的詩人

夢境

夢裡的建築，彷彿生平住過
所見的人，個個熟識
只是四目相視，不能對話
可看到書報、字條
我陷入回憶的深淵——

夢裡飢腸轆轆，尋找餐飲
途中，有人輕聲細語提醒我
某主任對我寫的文章有意見
我心深處有個聲音：誰説？

一到餐廳，果然見到
政工主任怒氣沖沖
坐在餐桌吃麵
他的情緒，全都寫在臉上
兩眼盯著我，無語卻有言

轉世

神童、天才哪裡來
莫非前世來投胎？
人死了，只是形體生命的結束
累世智慧與潛能卻存在
有些小孩才兩三歲
說話有條理，心算勝珠算
隨音樂起舞，天賦與生俱來

轉世靈魂像幽浮
飛入受精卵
前世記憶好比一片電腦軟體
程式不會消滅——
隱隱約約與今生接軌
頓時豁然貫通，發揮潛能
成為學者、專家、權威

天才兒童經常出現電視
流露出異於常人的智慧
人類愈來愈聰明愈進化
轉世確實有其道理

法國媳婦

為仰慕中華文化
來自法國巴黎的他
得在一所大學，認識了
來自台灣去英國留學的她

她雖不屬呢喃鬆軟的法語
吐出成串的音符
但一向注重生活，品味優雅
得與他締結良緣

惟巴黎浪漫多彩
初出道的夫妻不宜久住
可他赴新加坡任職短暫
公司又把他調回法國

最糟糕的是
婆媳無法相處
夫妻情感不斷惡化
她真的好累呀

如斯痛苦掙扎
一心想回台灣
於是她竟在電話中
向母親放聲大哭

活出自信與滿足

十年前，我到病房探視
孫大哥病危
當時鶼鰈情深的孫大嫂
哭著向我表示：
他不能死，他死了我怎麼活下去
之後，她從未對陌生人說
她丈夫已過世

孤寂獨居的寡嫂
空蕩的住宅都掛過丈夫照
她天性樂觀、開朗
尤其在這無牽無掛的時候
常到龍山寺做志工
與香客共同禮佛、祈福
讓稍縱即逝的夕陽
為她提供彩繪晚年
美景的畫布
夜晚坐在窗前欣賞
姣潔的月光

她的心情就像整容過的亮麗
見人就露出陽光似的笑靨
且以她自己為例
一直為人指點迷津
如何擺脫喪偶的陰霾
活出自信與滿足
就此，她編織了信佛普渡
成為同樣遭遇的人
一則如來經典

宋教授

他曾服務聯合國
和我出席過世界詩人大會
有一身飄然的儒者之風
朗誦英詩時
帶有漢詩的音韻美
贏得國際人士熱烈掌聲
至今仍令我難忘

近年，他耳朵患重聽
總感嘆生命已屆黃昏的無奈
的確，他有些嘮叨
在電話中，我想插嘴慰問
比登天還難
只聽他一直不停的說

事後得知
他終日常以僵硬的表情
獨坐沈思
可當他接到電話

顯得異常興奮
像這種微不足道的互動
竟成為他最渴望的樂活

視病猶親

——兼致醫院志工

在台灣，病人很幸運
有活躍的志工
為需要幫助者指點迷津
他們都具有相當專業與愛心
以和顏悅色協助病人安排就醫
在睿智的談吐中充滿風趣

對患者悉心噓寒問暖
接著，只要病人一發問
他們都會真誠為之解惑釋疑
而他們那寬闊的胸懷
不求報酬的依偎
像春風拂過大地
如春雨滋潤人心

上蒼眷顧

——給智能不足兒

發育遲緩的孩童
大頭水腦，面目舒張
顯得天真幼稚
幸好，他有位慈祥的母親
緊緊地挽著他

這個孩童，隨時都在
注視他的母親
寸步不離；不亂跑，不欺妄
回答母親的話
只有短短幾個字
卻表達得體，中規中矩

從前放射科工作人員
因受X光輻射超量
會生出低能兒
表兄妹結婚，也有此現象
目前都可事先預防

低能兒也能學會照顧自己
成天依在母親身旁
得到更多母愛的呵護
算是上蒼給了他的彌補

病房中的母愛

冰凍的恐懼，不悅的表情
在孩子臉上
母親悉心照護，盡其所能
用毛巾輕撫著他的太陽穴

他的病痛，母親的手無法觸摸
更加在他體內七上八下
慌張無助，深深領悟愛的痛苦
護士常看到她暗自流淚

孩子在黑夜中
他那柔弱的手和腳
得到母親指間流出的撫慰
帶著如天使的臉蛋兒
甜甜入睡

手術室外

女兒患腫瘤須動手術
母親片刻不離
而緊緊抓住她的手
那種心痛的眼神
直到她送進手術室……

焦急的眾家屬
把兩百張的等候區座椅擠爆
個個無語面對
或閉目默默祈禱
寂靜得令人戰慄

母親緊盯著跑馬燈
見到她是8時動手術
擴音器不時廣播
要某某家屬到開刀房
這就是重症的預兆
深怕下一個叫到她

煎熬了七個小時
眼眶蓄滿淚水
15時移往麻醉恢復室
需要再隔兩小時，才能
回到病房

女兒醒來後
見母親頭上增添幾許秋霜
比她自己開刀還要緊張
忽發現一張顫抖書寫的筆跡
寫滿的都是擔心的字句

爲丈夫長期拍痰

咳，用力咳，咳咳咳
接著一連串急促的拍背聲
砰砰拍拍，砰砰拍拍
奏出響亮而規律的音符
拍痰聲和虛弱的咳嗽聲
此起彼落
形同一場苦澀的交響演奏

妻子夜臥丈夫床畔
主要是為他拍痰
怕外籍看護常貪睡疏忽
萬一痰咳不出就魂歸西天
就這樣照護了二十年
期待能等到新治療方法出現

她心中的那種愛
像飯桌上冒著一縷縷
熱騰騰的飯菜
臥在病床上的丈夫拴住了她
只期待奇蹟的到來

適時放棄急救

醫學科技蓬勃發展
醫師的天職，仍是
治癒病人，搶救生命
植物人是否算活著
醫師不便答覆
家屬卻得陷在疲累照護的深淵

治癒無望的疾病
只為維持一口氣
身上插滿侵入性的管子
彷若犯人困在床上
眼睛微睜，半夢半醒
舌頭顫動，無法言語
手也舉不起來
因藥物而導致浮腫
病情未見好轉
只有長期忍受折磨

我曾看過一位病人

強忍疼痛與呼吸困難的煎熬
不斷拔去針頭、氧氣罩
看著他一臉痛苦的表情
孤單的躺在病房
我叫他名字
他只皺著眉頭，眨一下眼

醫師要適時放棄急救
對治癒無望的無意識病人
不要再施予氣管插管及
心臟電擊
讓病人保持尊嚴，自然離去
解決這個問題，只有讓病人
及早簽署：
「不施行心肺復甦術意願書」
才能讓家屬無遺憾

曲終人未散

窗外，一片昏暗
窗內，一盞慘淡燈光

一個病人身上到處插管
夜深，家屬圍繞在床畔
個個熱淚盈眶

病人只有依賴機器呼吸
醫師正待宣佈死亡
家屬默然祈禱

夜色，蒼茫

臨停站

——加護病房

銀灰色管制門緊閉
病床推進一個人，三天後
板車拉出來，好孤單
似乎很輕鬆，獲得喘息

家屬落淚兩三滴
緊跟著走了幾步
回頭，舒一口氣
遠望太平間，燈亮了
又滅

張大叔

張大叔，在睡夢中辭世
臉色悠然慈祥
說明往者沒留下任何遺憾

翌日，抬頭仰望天空
湛藍得令人興起
尤其那朵點綴著的白雲
使我在想
大叔正凌空飄盪的心靈

李阿姨在電話中說：
她看到他被推進冰櫃
那一刻只落得一個小小的
容身的空間
不禁暗自熱淚盈眶

一週後，舉行告別式
遺體火化成灰
渺如一縷輕煙
帶著魂魄飄向極樂世界

無法投遞

——他已猝死

字跡清晰，滿紙鏗鏘
人生大道理
看不出他有任何病象

蔣兄寄來長篇大論
他像一位革命軍人
為詩革新闡發奇想
要和我切磋
我是一個魯鈍的人
想在電話裡弄清楚
他人已遷居天堂

天堂，沒有電話沒有地址
也燐伊媚兒（E-Mail）
我的意見無法傳達

據說，他因心肌梗塞
更令我為好人不長壽
吟詩長嘆

古典詩

貪官

人前高調急沽名，就職弄權忘信誠。
政績全憑唇兩片，巨貪財寶價連城。

詐騙術翻新

竹科博士似昏懵，貪小便宜遭詐蟲。
假冒行員真匯款，儲金千萬轉成空。

自註：竹科博士受詐騙一千二百萬元，騙術是假冒銀行行員。

受騙老人

子女離家為賺錢，空巢無奈度餘年。
遞來詐騙猖狂甚，老失儲金實可憐。

韓星演唱高價門票

靜觀排隊感荒唐，競看韓星演唱狂。
家長務農常怨嘆，一張票抵五週忙。

邀宴

爭名奪利喜高攀，邀宴貴賓意自閒。
事有可為難啓齒，達人最愛女公關。

花博會爭艷館

彩虹花圃足球場，闢室安居複製羊。
神藝奇才相競技，神仙魚體現螢光。

金山鄉美食

吾台東北有金山，街道平齊近海灣。
餚點清香推鴨肉，杏仁紅薯養肌顏。

貧與富

殷商巨賈有錢人，腦滿腸肥喜探春。
孫輩傾家生活苦，三餐不繼變貧民。

夜行

一輪明月照虹橋，彳亍溪旁樹影搖。
青草池塘蛙鼓鬧，夜行忽覺遠塵囂。

孫弑祖母

頻聞孫輩需錢急，上弑尊親事可悲。
曠世以來難得見，養兒防老變憂危。

太平洋日出

燦燦朝霞慰遠眸，雲端幻彩炫樓頭。
霎時海上升紅日，萬道光芒照五洲。

地球怨

地球暖化動悲情，舉目蒼生涕淚橫。
豪雨狂風農作損，奔濤強震使人驚。

自註：「奔濤」意指海嘯。

陽明山降冰霰

寒流濕冷不尋常，台北市人凍欲僵。
冰降陽明難一見，遙看山頂著銀裝。

蘇花公路坍方

車落懸崖百丈深，遊臺陸客骨難尋。
海空機艦勤搜索，期慰雙親失子心。

詠露珠

搖曳生姿迎曉露，蓬蓬滾動一盤珠。
儼如美女胸前玉，惹得行人注目娛。

夏日即興

夏日炎炎噴火榴，荷香撲鼻探花遊。
蟬聲入耳心煩亂，榕樹遮涼稍解憂。

歲暮雜感

年光飛逝似流星，搶騙新聞報未停。
政客紛爭民庶苦，儲金難以渡餘齡。

圓山路燈

鄰近圓山燦路燈，藍紅紫綠月初升。
盈盈光線如新婦，羞露嬌顏夜色凝。

頌御醫姜必寧教授

心臟權威遐邇聞，熊丸力薦入宮門。
侍君廿載留奇蹟，世仰功高十萬軍。

其二

御醫廿載世欽崇，鍾毓西湖譽望隆。
榮總鴻圖瞻道範，陽明大學沐春風。

其三

南亞醫壇榮總先，心醫研發更超前。
基金會董行仁道，惠及全球文百篇。

思莊汀嵐嘉禮

思莊高雅富才華，一見汀嵐美貌誇。
佳偶天成情愛篤，財經合作兩專家。

頌醫院志工

專業愛心任志工，真誠解惑似春風。
和顏協助如親友，功在醫療不計功。

和爲貴

兩岸和平樂利多，期能玉帛化干戈。
中華王道行仁政，互信交流足浩歌。

情歌入夢

情歌一曲蘊情深，字裡行間細細吟。
午夜驚醒因夢見，伊人隱約在彈琴。

仙人掌

荒漠之中挺傲然，黃沙烈日任熬煎。
瓊花脫穎為時短，驚醒遊人直喚仙！

感謝陳威明主任

威明治骨乃良醫，癒腿五年步履馳。
米壽可期猶健壯，天天閱報寫新詩。

其二

陳醫心細技超奇，治學精研善好施。
骨折翁姑蒙復健，遊園會友笑嘻嘻。

降血壓

高低血壓擾鄰翁，動靜晨昏各不同。
飲食少鹽多果菜，無緣貪肉愛杯中。

自省

風塵滿面額興波，半紀懸壺樂事多。
難忘杏林春日暖，良醫良相比如何。

其二

全球遊遍樂無窮，昂首高吟學放翁。
國際騷壇留笑影，宏揚詩教不居功。

其三

身心衰老兩俱疲，美食華車總不宜。
銀髮生涯何所事，二三知己暢談詩。

其四

幸閱時光三萬天，以詩會友樂殘年。

餘暉畢竟猶明璨，索句求真譜玉篇。

音樂助眠

緊張壓力為糧謀，音樂治痾品質優。
改善睡眠多築夢，心情舒暢解千愁。

自註：音樂可治療失眠，避免吃安眠藥上癮。

外籍新娘

家貧遠嫁作羹湯，照護衰翁竟日忙。
有怨難言向誰訴，更深淚枕喚爹娘。

離婚婦

熱淚盈眶夢不成，夫君外遇露風聲。

紅顏未老恩緣斷，落得單親媽媽名。

醫師娘怨

幸嫁醫師何足誇，朝辭至夜始回家。
診療研究兼教學，賺得高薪無暇花。

懷念張夢機教授

病中忍痛樂傳薪，囑寫詩篇重創新。
受教三年沾化雨，初研拗救始知津。

其二

三千桃李出名門，授課情真語亦溫。
面對病魔仍蘸墨，新詩應與世長存。

其三

藥樓自此音容杳，一代詩豪鶴駕迎。
應是修文天際去，長留韻府是嘉名。

移居

台北樓房漲價時，家居唯向市郊移。
遠雄三峽造新鎮，捷運將通無距離。

家住高樓

家住高樓聳接天，常逢地震晃如船。
遠離塵俗無車噪，室雅境幽迎月眠。

遺體捐贈

解剖課程醫入門，無言之教永留痕。
學生受惠多深謝，大體老師名姓存。

自註：大體解剖是醫學生入門課程。大體老師尊稱遺體捐贈者。

喪犬

嬌姝痛哭在溪邊，警伯相詢何所然。
不是親人生死別，原來愛犬赴黃泉。

日本宮城九級地震

驚見扶桑動地牛，海洋狂嘯陸行舟。
屍浮人畜堆砂岸，浪擊車船毀閣樓。
核廠危機噴毒氣，災民避難往高丘。
惶惶黎庶無油電，輻射塵飄舉世愁。

自註：二〇一一年三月十一日，日本宮城九級地震，旋即發生大海嘯及福島核廠災難。

塑化劑風波

昱伸塑毒震全球，技正抓摻把毒揪。

受害廿年調口味，無辜每日滿身留。
加工食品聲譽降，常用糖漿消費憂。
檢驗把關查緝密，清除惡賈解民愁。

食變

一生飲食本尋常，八十三齡肴不香。
厭菜未忘餐後果，充飢有賴飯前湯。
淺嘗魚類和雞肉，喜吃饅頭與豆漿。
營養新知提示我，木瓜紅薯助清腸。

自註：余是醫師，並擔任過主管、主官。雖應酬頻繁，但從不講究精食。今年八十三歲，在同學、同行中算是高齡。惟最近有厭食和喜吃的變化，特以詩誌之。（一百年八月十日）

作者簡介

邱燮友簡介

2011年台北圓山花博場地花毯

筆名童山，福建省龍巖縣人，生於1931年12月14日。一歲隨父母來台，定居花蓮港，七歲時正值1937年七七抗戰，舉家遷回龍巖，在家鄉完成小學、初中、高中的基礎教育。1949年再度來臺，次年進入臺灣省立師範學院（師大前身）國文系，1954年畢業，並參加預官訓練，以及在中學任教兩年，然後在考進國立臺灣師範大學國文研究所進修，1959年畢業，並留校任講師、副教授、教授。在教育界任教已逾半世界，曾任臺師大夜間部副主任、僑生輔導主任委員、國文系所主任、所長；並出任玄奘大學主任秘書、宗教所所長；元智大學中語系主任、香港珠海學院客座教授。

退休後，乃任教於文化大學中研所，東吳大學中文系，爲兼任教授·擅長中國文學史，樂府詩，中國詩學，並從事古典詩，現代詩創作·主編《中國語文》、《國文天地·萬卷樓詩頁》並與臺師大、文大研究所生合編《臺灣人文采風錄》，與周策縱、王潤華、徐世澤等六人出版古典詩和新詩集，名爲《花開並蒂》。次年又出版《並蒂詩花》。著有《童山詩集》、《天山明月集》、《童山人山水詩集》、《品詩吟詩》、《童山詩論卷》、《白居易》、《中國歷代故事詩》、《中國文學史初稿》、《二十世紀中國新文學史》、《新譯古文觀止》、《新譯唐詩三百首》、《新譯千家詩》、《新譯四書讀本》、《新譯世説新語》、《散文結構》、《美讀與朗誦》、《唐詩朗誦》、《唐宋詞吟唱》等著述。

曾參與編撰復興書局《成語典》，文化大學《中文大辭典》，三民書局《學典》、《大辭典》等；並參與編撰《國學導論》五大冊，其中〈中國文學史〉、〈樂府詩〉兩篇導讀爲筆者所撰。以及早年參與教育部，國立編譯館所編撰的高中國文標準本教科書，南一書局高中國文教科書，三民書局高職國文教科書。

2005年，並獲得中國詩歌藝術學會贈予詩歌藝術貢獻獎。歷年教學與著述不曾間歇，並以教學和著述視爲終身志業。

2011年4月25日於故宮前

詩論

新詩

古典詩

穿越時空進入四度空間的文學

關鍵詞

第四度空間　神話　寓言　游仙　志怪　虛幻　虛擬　懷古
情色文學

一、緒論

有時候我們獨自一人或是一群人，一邊工作，一邊行吟，用歌聲探測山林、田野、草原、海山，勞者自歌，用歌聲，穿越時空，穿透四度空間，從眞實世界進入虛渺空間。如同千年前唐李白在〈春夜宴桃李園序〉中開端所云；「夫天地者，萬物之逆旅；光陰者，百代之過客。」[1]時空交錯，萬物在世間如同進駐旅社，人與萬物在光流中，只是過客。對歷史空間，現實世界，以及未來空間，從四度空間，來到三度空間，然後又回到四度空間，因此有「浮生若夢」之感，感受既深，才能激發千古的浩歎，引來後世無限的共鳴。

二、 第四度空間的含義與文學的關係

二十世紀末葉以來，多少學者注意時空的轉化，對文學的趨向，人文生活中的空間性，把以前給予歷史和時間，或

社會背景的重視，紛紛轉化到空間來。以前重視點，線，面，三度空間的寫實文學，轉化到愛因斯坦所詮釋的點、線、面構成的立體第三度空間，乘上時間，便成了無限遼闊的第四度空間（Four Dimensional）。因此，造成了描寫四度空間的文學，大量產生。

空間的探討，本屬於物理學和哲學的問題，但人類處於時、空的轉化，便會考慮到文學作品，也會以第四度空間，在題材上的運用，與主題的開創，有息息相關的作用。例如魏晉南北朝（220～589）時代玄學的流行，便有北朝〈木蘭詩〉[2]和陶淵明（365～427）《後搜神記》中的〈桃花源記〉[3]。〈木蘭詩〉中的木蘭，是一個代父從軍的女子，詩中云；「同行十二載，不知木蘭是女郎。」這可能嗎？除非木蘭是變性人，再不然同行的夥伴是白痴。它應屬於虛擬的人物和故事；而〈桃花源記〉，記載武陵人誤入桃源，桃源中的世界「先人避秦，來此絕境，遂與外界隔絕，而不知有魏有晉；」而且桃源中，人民過著「黃髮垂髫，並怡然自得」的快樂生活，後來武陵漁夫離開桃花源之後，詣太守，太守也派人前往尋找桃花源，但未到桃花源便猝然遽逝，於是後世遂無問津焉。因此陶淵明的〈桃花源記〉是一篇屬於志怪的作品。〈木蘭詩〉和〈桃花源記〉都是屬於虛擬世界的故事，應屬於第四度空間的文學。

三、第四度空間文學設計架構與類別

讀華東師範大學出版朱立元主編《當代西方文藝理論》，其中十九這一節，討論「空間理論」，認爲科學家所指的空間多爲城市空間和社會空間，如果在文學上，寫實主義的文學空間，多爲城市空間或社會空間，是屬於第三度空間的範疇。在該書的結論中指出：

> 文學與空間理論的關係，不復是前者再現後者，文學自身不可能置身局外，指點江山，反之，文本必然投身於空間之中，本身成爲多元開放的空間經驗的一個有機部份。要之，文學與空間就不是互不相干的兩種知識秩序，所謂前者高揚想像，後者注意事實[4]。

就其結論而言，科學家所指的空間，多爲眞實的，屬於眼前所見到的第三度空間；然而文學所描寫的空間，除寫實主義所寫的第三度空間外，還有高揚想像空間的作品，那便屬於描寫第四度空間的作品。

去年（2009）我在第四屆辭章章法學學術研討會中，提出一篇〈白居易長恨歌的章法結構〉[5]，其中論及〈長恨歌〉中最後一段，玄宗派「臨邛道上鴻都客，能以精誠致魂魄」。讓四川的道士到東海仙山尋找楊貴妃的魂魄，便是詩歌中對第四度空間文學的開拓。

其實四度空間是高深莫測的奧秘，如何窺測其奧秘，從描寫四度空間的文學是極具無限的創意。今就第四度空間文學的設計與架構，分若干類別加以探述：

（一）神話與寓言文學

神話是民族的夢，由某些民族共同創作出來的故事，然後流傳各地，經過數代的傳誦，才被寫定，記錄在古籍中。寓言則是某個作家，收集一小故事，藉這些故事，有所托興，用以寄託某些思想或人生哲學。這些都是憑想像所創造出來的文學，而且對後代文學具有深遠的影響。

尤其是古代神話，例如盤古開天闢地、女媧補天、夸父追日、嫦娥奔月、精衛塡海、愚公移山等[6]。這些第四度空間的作品，都能給予後代新的啓示或新的詮釋，例如女媧補天，《紅樓夢》的開端[7]，用這則神話做楔子，指青埂峯下，當年因女媧補天，留下一塊頑石，無才以補天，後受日月精華而成人形，便是《紅樓夢》中的石兄——賈寶玉，石兄用雨露灌溉絳珠仙草，後來她要用眼淚報答石兄的灌溉之恩，它便是林黛玉，這則神話便演變成「情天難補」的《情僧錄》或《石頭記》。他如《幼學瓊林》謂：「自不量力猶如夸父追日。」今人將夸父追日視爲人類追求理想的悲劇。如白萩的一首現代詩〈雁〉，雁在奧藍無底的天空，追逐往後退縮的地平線，在追逐中死亡，但新的雁，依然排起隊伍，繼續前人的腳步繼續追逐。

至於寓言，最有號召力的作品，應是《莊子》和《列子》[8]，《莊子》的寓言，可稱寓言之祖。他的寓言託喻人生的哲學，以無爲爲宗旨，如庖丁解牛，目無全牛，游刃有餘，是〈養生主〉中的寓言；又如〈逍遙遊〉中鯤化爲鵬，蟪蛄不知春秋，夏蟲不可與語冰，大椿彭祖，此大年小年之分別，能順乎自然，不辨大小、美醜、得失，以無用爲大用，均是莊子寓言的作品，已是數千年常用的成語，成爲人生哲學的準則。從無到有，從有到無，所謂「方生方死，方死方生」，起站是終站，終站是另一個起站，這些作品，便是從四第空間，進入三度空間，又從三度空間，回到四度空間去。因此虛無是永恆，四度空間，便是無窮無盡的空間。

（二）游仙和志怪文學

秦漢（246B.C.～220A.D.）時代，游仙觀念盛行，秦始皇派徐福帶領五百童男童女，到東海蓬萊仙島，去求長生不老之藥。又爲自己建造生塋，始有臨潼兵馬俑的出土，漢景帝的裸俑，漢武帝的圖讖、五行服食求仙的主張，以及長沙馬王堆女屍的出土，殉葬之物多達兩千多件，中山靖王和竇綰的金縷衣、銀縷衣等，都是追求死後的富貴。東漢末葉，帝王服食而早夭的現象，比比皆是，難怪〈古詩十九首〉中有「服食求神仙，多被藥所誤。不如飲美酒，被服紈與素」的句子。魏晉南北朝的志怪筆記，如干寶的《搜神記》，顏之推的《冤魂志》，吳均的《續齊諧記》等，它們用災異神變的故事，來附會政治現象，或用鬼神靈異之說，來推斷人們的吉凶禍福。又如屈原的〈遠遊〉，司馬相如的〈大人賦〉，都是寫神仙世界，這些都是屬於第四度空間的文學，帶來無限想像的空間。

（三）虛幻和虛擬文學

魔幻世界和虛擬世界進入文學的題材和主題，是歷久彌新的趨勢，例如西方《哈利波特》的風靡，《阿凡達》的崛起；在東方，如施耐庵的《西遊記》、許仲琳的《封神榜》，民間流傳的《白蛇傳》，金庸的武俠小說，以及今日網路流行的虛擬世界，何嘗不是第四度空間文學的開發，甚至包括今日流行的漫畫，都是青少年所沉醉、流連忘返的虛擬文學。

（四）懷古和情色文學

揭開歷史的帷幕，發現歷史比眞實更美。將以往身歷其境的故事，作爲借古諷今，或以史爲鑑，以史感懷抒憤，這是懷古文學的眞諦。懷古文學是把消失或消逝的四度空間尋回，加以反思，作爲現世三度空間的教訓。例如前生、今生、來生；或過去、現在、未來，只有「今生」和「現在」，是屬於第三度空間的存在，其餘均屬於第四度空間的範疇。

懷古的文學作品，以李商隱、杜牧的懷古詩爲稱著，如李商隱的〈賈生〉、〈隋宮〉，杜牧的〈金谷園〉、〈赤壁〉、〈泊秦淮〉等[9]，均是膾炙人口的詩篇。尤其是劉禹錫的〈金陵懷古五題〉，以及蘇東坡的〈念奴嬌－赤壁懷古〉[10]。都是四度空間懷古文學的代表作。「大江東去，浪淘盡，千古風雲人物。」其中大時空的結合，難怪王國維的

《人間詞話》，要盛讚東坡的詞：「東坡之詞曠，稼軒之詞豪。」又云：「讀東坡、稼軒詞，須觀其雅量高致，有伯夷、柳下惠之風。」[11]東坡的詩詞，都是大開大合，尤其大時間與大空間的結合，造成遼闊、無限大的境界，這也是第四度空間文學的一大特色。

其次，情色文學，往往借夢來包裝增加它的神秘和魅力。如戰國時代宋玉的〈高唐賦〉，三國曹植的〈洛神賦〉，曹植的〈洛神賦〉或名〈感甄賦〉[12]，是否與甄后有關，很難考證，但陳思王借朝京師，返回封地，經洛水之上，車煩馬殆，於是遂駕於洛水之濱，夢見洛水之神宓妃，神往意會，尤其寫洛神之美：「穠纖得中，修短合度。」眞美女也。當她渡水而來，則是：「淩波微步，羅襪生塵。」更是煙霧騰飛，從水面走來，如同仙女下凡，雲霧繞繚，非凡人也。而宋玉的〈高唐賦〉，更是夢幻綺麗，他推薦楚頃襄王，會見巫山神女於陽臺之上，如今「雲雨巫山」已成與情色有關的成語。其後魏晉南北朝的宮體詩，唐人的閨怨詩，日據時代，臺灣詩社的《香草箋》，便是宮體的延續。當時臺灣詩人借賞名花吟風月，是避日人的耳目，延續中華文化的命脈，另有一番障眼的弦外之音。其他如明代淩濛初的《拍案驚奇》清代曹雪芹的《紅樓夢》，何嘗不是摻雜情色文學以吸引讀者。因此我將情色文學，也視爲第四度空間文學的領域。

四、結論

二十世紀以後，自然科學和科技文明，獲得突飛猛進的發展。然而文學也得到自然科學和科技之賜，由平日寫實的文學，發展到第四度空間的文學，人類發揮高度的想像力，延伸出無限創意的文學。本文僅就文學發展的歷史軌道，再往前探討新文學的趨向 歸納出神話與寓言、游仙與志怪、虛幻與虛擬、懷古與情色等八大類文學，都與第四度空間的文學有息息相關的所在。由於人生的歷煉，生死的無常，激發出穿越第四度空間的新文學，跳脫出原有三度空間的寫實文學，給文學帶來創新的力量和希望。

——2010、9、10參與章法學會學術研討會論文於文藻學院

注釋

1 唐李白《李太白全集》卷二十七〈春夜宴從弟桃花源序〉，北京，中華書局，頁1265。

2 南宋郭茂倩《樂府詩集》卷二十五，橫吹曲辭，台北，里仁書局，頁373。

3 晉陶淵明《新譯陶淵明集》卷六，台北，三民書局，頁341。

4 今人朱立元主編《當代西方文藝理論》，19，空間理論，華東師範大學出版社，2005年4月二版。

5 《章法論叢》第四輯，拙著〈白居易長恨歌的章法結構〉，第四屆解章章法學學術研討會論文集，台北，萬卷樓，2010年8月初版，頁460–473。

6 今人袁柯《中國古代神話》，台北，商務書局。

7　曹雪芹《紅樓夢》第一回，甄士隱夢幻識通靈，賈雨村風塵懷閨秀。香港，鴻文書局，頁1–7。

8　《老子道德經》、《沖虛至德眞經》、《南華眞經》，台北，商務印書館《四部叢刊》初編，子部。第一輯。

9　清曹寅等編《全唐詩》李商隱、杜牧詩。北京，中華書局；台北，明倫出版社。

10　今人唐圭璋輯《全宋詞》，第一冊，蘇軾，台北，中央輿地出版，民國五十九年七月初版，頁282。

11　近人王國維《新譯人間詞話》，卷一，44則，台北，三民書局，民國八十三年三月初版，頁69–71。

12　梁蕭統《昭明文選》第十九卷，情賦，正文社出版，頁445–453。

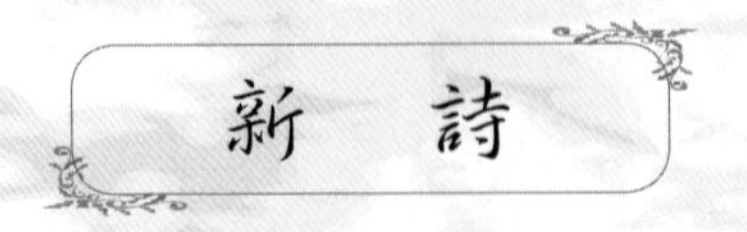

新　詩

太魯閣之春

是誰用巨斧鑿開山門，
立霧溪是流動的玉。
山中傳來歌聲，那魯娃……
是春之火，山之聲，
太陽金箭射向萬馬奔騰的巖石。

相傳一個阿美少年，
尋找小鹿，尋找伊人，
迷失在花海櫻花林，
那魯娃，你在那裏？
你的名字，迴旋在青山翠谷中，
像流動的玉，飛舞的雲。

千山萬壑有野鳥啼鳴，
萬壑千山有金箭花影。
梅花、桃花、櫻花、杜鵑，

燦笑山崖水湄，
那魯娃，你在那裏？
擁抱你，就如同擁抱春天，
太魯閣之春，是萬馬奔騰的飛石，
太魯閣之花，是山中傳誦不絕的傳奇。

元智校園即景

一、元智清晨

第一線陽光射向九龍壁上，
九條翻滾的龍，
啓動乾坤運轉的信息。
於是在鳥聲、風聲、紫荊香中，
展現二十一世紀燦爛的黎明。

長長的引道，長長的行人樹，
兩旁草息花香，春色盎然的草地，
深深地吸引著您，我，
是古典又是現代的清新。
豁然開朗的校園，
迎面而來的一塊頑石，刻著『元智』，
其間人來車往，是現代的桃源。

一聲聲鐘響，敲響每個元智人的心，
似乎在聲聲敦促，
卓越，務實，宏觀，圓融，

與春暉交織成元智校園交響曲。

二、元智之夜

初三的新月，太白星，
鮮明地斜掛在工學院館樓上，
新月如鉤，勾起不少學子初戀的記憶，
從黃昏到入夜，藍色的天空，
和煦的晚風，擁抱整個校園。
太白星光引燃智慧的傳承，
燈光通明，從孔子，莊周點燃的薪火，
熊熊地照亮新世紀的里程。

如同地熱汩汩湧出的光和熱，
從心底騰湧出誠摯和真愛，
凝結成一個大團藻，一個大圓。
開發綠色科技，迎接E世代，
實踐多彩人文，美化新人生。
如同在美麗之島，婆娑之洋，
我願化作一隻飛躍的海豚，
在藍藍的夜，奔向莽莽大海。

國立雲林科技大學

雲嘉、嘉南平原是一塊翡翠，
閃亮著綠色的光芒和智慧。
一座高聳的尖塔是地標，
矗立校園中有如純樸、堅實的智者，
它頂著六瓣菱形構成的圓，
像雪花、像冰菊、象徵冰心高潔的圖騰，
是青年學子頭上頂天立地的光環。

校舍教室設置在林園道上，
熱帶風情散發鳳凰樹的芬芳。
莘莘學子在此潛心沈思、開發研究，
穿梭在工程、管理、設計、人文四大領域，
猶如欖仁樹生機勃勃，芒果樹結實纍纍，
將人文與科技結合，擦亮這塊翡翠，
共同開創二十一世紀的新天地。

故鄉

有人問起我的故鄉，
我來自遙遠的地方。
在兵荒馬亂的年代，
跟隨父母，落腳花蓮港。

從後山來到台北，
我在這兒學習、成長。
半個世紀誦讀筆耕，
像花木展開美麗的力量。

有人問起我的故鄉，
我來自遙遠的地方。
凡是父母埋骨的所在，
那便是我的故鄉。

詠杜鵑

有人送我幾朵紅杜鵑，
五瓣燦開，展露花心。
我將它夾在詩頁中，
難忘的情意，露滴華箋。

於是青潮騰湧，送走寒冬，
我想起花蓮七星潭一灣海灘。
好似紀念千年海山戀，
作為百代風華難忘的紀念。

杜鵑花

我抬頭看白雲走過藍天，
也感到風雨走過身邊。
在我身旁梅花一身白衣，
還散發一股暗香久久不散；
接著櫻花不甘寂寞，
在我眼前換上粉紅的新妝，
驚艷脫俗，引發世人對它驚歎。

現在該輪到我上場，
我用梅花的白，櫻花的紅豔，
混合成粉白、嫩紅、桃泛，
鋪天蓋地把空間佔滿。
讓世人知道我是暮春的驕客，
讓青春從我身上踩過，
留下一片殘紅，片片春的芳踪。

我體會春天的生命和意義，
用炫麗的智慧和靈感，
彩繪我一生經風雨的摧殘，

期盼白雲走過藍天帶來希望。
其實你才是一朵美麗的杜鵑，
在我眼前呈現，奪目的美豔，
在我心中久久難以消失離散。

躺在草地上看天空

讓我們躺在草地上，
看天空浮雲飛動。
蒼蒼的藍天本是自然本色，
不必修飾，樸質就是高貴。

記得大峽谷的天空，
夜晚星星隨手可攀摘；
金門浯江中心的夜空，
星星成串成纍最為明亮。

《莊子》説白雲蒼狗是人生，
就是人間的眾生群相。
每一片白雲飛過，
都有自己的舞臺和動向。

讓我們躺在草地上，
看天空思索人生，
體悟時空交錯之美，
如同每片雲海，

都有自己的舞臺，
流向自己的歸宿和未來。

台北街頭見聞錄

在騎樓下，
來來往往行人的步履，
儘是來自各方的人群，
在都市覓食尋求生活。

我目睹和平東路的街頭，
人頭鑽動，臉部沉默，
他們在尋找食物和歸路。
其中有一人停在台電診療門口，
從垃圾桶中翻取剩餘的便當，
被饑餓所迫尋求生存的空間，
這是個富庶的都市，也有貧窮的盲點。

「老兄，您不必在這裡翻找食物，
這一點錢，或許可以幫助您渡過今天。」
「謝謝，我是唯一見到冷漠街頭
唯一的一絲溫暖！」

花樣年華

東風吹開春天的花序，
你是春天，流動著花樣年華。
像迷迭香暗暗傳來幽香，
具有桃花、櫻花少女模樣。

青草悄悄嶄露頭角，
與春樹佔領綠色邊緣。
你是俏麗的春天，
像小河彎彎流著優美的曲線。

常言道：「平凡就是高貴，
存在如同花的芬芳。」
盛衰本天然，順應自然，
你是春天，年華花樣。

玉蘭花

自然就是本性，
樸質就是優美。
卿本出身平凡的庭園，
卻有高貴本性的氣味。

你有冰雪般的聰明智慧，
不與牡丹玫瑰爭嬌媚。
耿耿銀河夜夜從樹頂流過，
鵲橋高架，卻深鎖良宵寂寞。

玉蘭花，全身潔白，
有如玉女天香深鎖宮院。
不如邀明月論文談心，
煮文烹字，釀成一首首詩篇。

花蓮港

七星潭，太魯閣，馬達安，
沙灘、海岸，青色的大山，
日思暮想的花蓮港。

花東縱谷狹長的平原，
像一塊綠色的翠玉
散發出通透的綠和光。

一座座大山是金字塔，
多少傳奇和故事埋藏在山腳下，
有如金字塔的秘密久久流傳。

劉銘傳帶漢人移民來此墾殖，
原住民用歌聲守護山川，
娜路娃、採茶歌如同月光，
像神話融和民族的夢想。

會動的清明上河圖

時光像汴水川流不息，
千載歲月，使人回到清明。
在汴京的眾生人物，
躍然紙上，留下往日的情景。

我驀然穿越時空，
走入昔日繁華的京都。
樂活地跟千年的人物生活，
跟他們一起從郊區趕牛，
見到幾個孩童在庭院嬉戲。

他們順口哼著〈汴京四季調〉：
「汴水流，綠葉垂垂掛楊柳，
白雲浮，人民往來上荊州。」
他們沿著汴水建起城市，
勤奮地工作，尋找出路。

街上藥鋪、錢莊、糧商林立，
驛站的馬，隨時待發傳送訊息。

說書的在人群中說古道今，
發現故事更能吸引人心。

船伕在木拱橋下會船，
彼此禮讓，使木船不致擦撞。
不遠處城門也正忙碌，
塞外的駱駝群也能忍辱負重。

當春風吹動簾幕，夜色低垂，
商家掛起燈籠照亮夜市，
酒店的琵琶聲撫慰遊子，
聲色犬馬，需要就是真理。

古代的畫工跟現代科技人握手，
穿越時空忘了今夕是何年？
會動的〈清明上河圖〉引人入勝，
繪製了古今風華絕代的風景。

掀開歷史的帷幕，
發現歷史比真實更美。
透過張擇端的細膩筆觸，
清代六位畫工的描摹，
加上現代聲光科技的結合，

〈清明上河圖〉竟然會流動，
悠悠的汴水河，流過時空，
是奇蹟，是藝術，也是心靈的感動。

古典詩

步蘇堤六橋有感 并序

常感長輩爲子女命名難選，一九九〇年二月四日步西湖蘇堤有感，
如取六橋爲子女命名，別有一番情趣，因作此詩。

映波楊柳弄春潮，橫跨蘇堤共六橋。
若取橋名名子女，男孩聰穎女孩嬌。

映波第一橋

太守治杭用封泥，建橋植柳引鶯啼；
群山疊嶂煙波裡，映照江南第一堤。

鎖瀾第二橋

一束青絲髮一鍋，遠山如黛眼如波；
拱橋一曲情難鎖，最是深情換阿哥。

望山第三橋

遠處碧波涵小山，濛濛煙景有無間；
遊人都説湖光豔，正月楊枯柳條閒。

壓堤第四橋

湖天一色開風月，山水千年表物華；
塘岸斷荷知水淺，初春孤蕊是茶花。

東浦第五橋

東浦漁歌滿西湖，桃花楊柳春扶疏；
江南風物風華盛，蓴菜鱸魚詩與書。

跨虹第六橋

蘇堤春曉鳥嚶嚶，步過虹橋近市聲；
遊人爭向湖心去，莫負水天一色明。

西湖

西湖山水明鏡平，三面環山一面城；
蘇軾竟將西子比，垂柳千條玉體橫。

日月潭

明湖澄澈藏山中，四海名聞各不同；
含蓄山姑多絕色，杵歌揚譽入春風。

日月潭水竹篙浮行

一

日月潭水竹篙深，毛家鄒族墾山林。
深山有湖成日月，水秀山青動人心。

二

日月潭水竹篙深，南投此湖古有名。
風光不遜西湖色，到此一遊能開心

讀戰國策

其一

鼓簧口舌成時尚，捭闔縱橫亂銖錙。
機變態心重義私，文章奇策貴人師。
畫蛇添足千金賜，狐假虎威萬古垂。
莫道馮諼彈鋏事，至今猶有效顰時。

其二

昔日謀臣獻古策，馬王堆裡藏奇思。
蘇秦鋪采陳利弊，張儀摛文見公私。
歧路亡羊誰得利，畫蛇添足亦堪悲。
縱橫捭闔今猶在，歷史重演戰國時。

香草箋

群芳博覽驚容姿，引發世人相告知。
昔日花田傳故事，如今館閣築奇思。
蝴蝶奮飛堆白雪，文馨低垂掛黃枝。

量多質變成佳話，香草箋描彩繪詩。

有待

遠眺青山黃金寺，接連芳草碧上天。
對坐但覺花色美，相談喜聞動心弦。
秀髮綢絲覆桃夭，秋波微盼泛紅蓮。
窗外雙溪飛白鷺，逝水年華如輕煙。

※黃金寺，在東吳遠處山腰間，每週五夜開燈照全寺，光亮如黃金，夜間特別顯著，故名。其實該寺爲鄭成功寺。

古詩群芳譜

春花

天下女子多如花，千朵萬朵足堪誇。
猶如天界下紅塵，婀娜多彩勝仙家。

梅花

冬寒料峭不畏冷，花色與雪借三分。
群芳凋落猶未醒，唯有梅花一枝春。

桃花

桃花紅豔開早春，群蜂蝶影採蜜頻。
杜鵑聲裡留不住，美好時光愛惜珍。

含笑花

白色裙裾似玉蘭，香氣襲人神難安。
名符其實花名好，回眸含笑意闌珊。

燈籠花

溫柔巧心存天真，路旁垂掛引迷津。
猶似慈航觀音女，紅紅燈籠照凡塵。

解語花

慧心女子解語花，金釵十二入皇家。
世道坎坷心險惡，紅樓一夢使人嗟。

文心蘭（又名跳舞蘭）

手牽衣帶問阿哥，一襲黃衫意如何？
飄袂羅裳隨風舞，蘭心慧質能輕歌。

檳榔花

山歌牽引獻殷勤，情縷纏身霧繞裙。
沉醉山巒居酒國，檳榔花序動郎君。

櫻花

枯枝墨幹經三冬，只待春來雪解封。
奮力一搏花滿樹，春姑過年結彩紅。

杜鵑花

倉庚催花未曾停，蜂蝶採蜜只為卿。
杜鵑紅白開一季，春來親自上陽明。

夏花

衣裳飄逸隨風散，輕盈閑散似晚霞。
眉宇神采開嫵媚，猶似西湖楊柳斜。

牡丹

牡丹花姿巧紅妝，片片鮮豔貴氣樣。
猶似朱門富家女，魏萼玄黃一品香。

含笑花

白色裙裾似玉蘭，香氣襲人神難安。
名符其實花名好，回眸含笑意闌珊。

太陽花

天性隨和迎好風，為人喜樂與君同。
圓圓花蕊伸天際，那朵向陽那朵紅。

油桐花

客家女子油桐花，勤勞節儉玉無瑕。
猶似敦煌胡旋女，飄落飛旋著白紗。

洋紫荊

港台紅豔飄香味，海洋情韻勝河渭。
朱粉穠妝驚天人，風流時尚多貴氣。

玉蘭花

肌膚潔白彈指破，花氣四溢爭奈何。
卿家原本出鄉野，街頭車間賣阿娥。

爆竹紅

一串朱紅像炮竹，整片花海入目新。
或疑誰家迎佳慶，香是人間報早春。

荷花

清水芙蓉滄波容，素來清白潔好身。
文人雅客時讚頌，參禪悟道出紅塵。

薰衣草

卿本紫衣良家女，移居城頭結姻親。
天性羞怯惹人惜，四季花開總是春。

仙女花

初夏暖陽催花劑，蜂蝶探蕊紅半天。
猶似鄰家小碧玉，春潮初泛香草箋。

繡球花　一

群花結集聚成團，紅紫粉白色繽紛。
猶似人間初嫁女，一束捧花接好春。

繡球花　二

團團圓圓似火球，朵朵燦開別用愁；
女子心花如夏日，花團簇錦結成球。

夜來香

白色碎片似綢緞，輕盈獨步夜暗香。
但見月色相映襯，寂寞空閨思斷腸。

蝴蝶蘭

春夏蝴蝶飛花間，秋冬盛開蝴蝶蘭。
顏色各異自然美，享譽全球滿台灣。

露滴春夢

春風吹拂春意侵，五瓣全開見花心。
杜鵑紅豔似春綢，紅粉佳人何處尋？
露滴花蕊春意臨，難忘春情入山林。
猶似繁華夢初醒，回味桃源留枕衾。

玫瑰

花葉花片層層疊，花色花容出天工。
豈是夏日不真豔，花謝依然落日紅。

秋花

花花草草不同份，為愛為卿結深情。
貴富貧賤莫須論，與君牽手過一生。

波斯菊

波斯菊色五瓣開，迎取四面和風來。
花色多彩紅與白，謙卑隨喜容易栽。

苕華

疊翠雙峰如玉女，天工地造映蒼空。
歸真返樸無瑕玼，蕭索苕華斂姿容。

杭菊

杭菊龍井成絕配，江南秀色天下無。
青荷黑瓦枕河岸，自古佳麗出東吳。

螃蟹蘭

葉尾開花意闌珊，花紅人稱螃蟹蘭。
橫行霸道誰能管，繁花凋盡歸平凡。

花仙子

天上星星千萬顆，降落人間是那箇。
明眸皓齒人皆愛，洛神再造能淩波。
纖穠中度削肩女，裙衩款款風韻多。
世人稱道花仙子，不為傾倒又如何？

小雛菊

小女含笑似雛菊，他日燦開像牡丹；
母女同坐機車去，沒入雨中車陣間。

欒樹花

欒樹開花迎初秋，初花青綠轉褐球。
滿懷心思向天訴，搖曳晴空莫用愁。

千層白

白露含霜迎深秋，猶如女子立街頭。
為待伊人來相會，脫盡鉛華只因愁。

聖誕紅

以夜為花紅聖誕，歲月催促添新妝。
洋妞盡是金絲雀，嫵媚開放驚四方。

偈頌

禪不立言，
白紙一箋。
宇宙奧祕，
探索萬年。

生性哲理，
盡在眼前。
人生苦短，
風月無邊。

敬和仲華師八十書懷第三首元玉

中土名流出古州，
高郵才士本多愁。
《珠湖賸稿》承詩學，
禮學尋探繼聖修。
八十書懷言世道，
三千弟子盡前籌。
桃觴嵩壽陽春歲，
聚首同申懷舊游。

讀史

群雄崛起井陽崗，
叱吒風雲意氣狂。
萬里長征飛碧雪，
三邊危事結秋霜。
人間惟頌開疆土，
海外盛傳亂章娘。
功過是非誰論定，

春秋大序辨綱長。

送金賢珠女弟學成歸國，以詩見贈

重聞迢遞接胡天，
萬里黃沙盡紫煙，
盛世至今無戰伐，
敦煌曲子道唐年。

註：其博士論文爲《唐五代敦煌民族研究》，由本人指導完成。

西湖春

桃紅二月出風塵，
三月柳姿迎面新；
無限繁華來眼底，
青山橫臥西湖春。

踏莎行

港九年殘，筌灣歲暮。
彩燈張掛行人樹。
流離盡是他鄉客，
笙歌總把歸程誤。

似水街車，如花夜霧。
匆匆奔向繁華處。
故園迢遞夢天涯，
蒼茫人海向誰訴？

蝶戀花 秋雨

春日繁華已不記，如夢人生，
秋節韶光易，風滿沙田涼意早，
船灣水溢環山翠。遊子情懷為過客，
往往來來，總是浮雲意。
入夜樓高雨未息，
晶瑩燈火猶垂淚。

青衣島

荃灣霧起夜空明，
對岸青衣景物生；
家家燈火迎新歲，
島國繁華勝上京。

停雲詩箋

一程山水表衷腸，
詩句丹青貴勿忘。
九載鐸聲播遠近，
三春德澤散芬芳。
師生共賦別離曲，
儕輩同吟懷舊章，
昨夜東風過御苑，
柳臺春暖接朝陽。

《歡迎梁校長尚勇博士膺任監察院監察委員致送別詩》

十五月圓時

大嶼山前結好緣，
春秋佳月花影前；
圓山樹下訴心願，
初秋七月月當圓。

清流

野菊花色小，芬芳自成畦。
黃白相交錯，盛開秋冬時。
不與桃爭豔，不與杏爭輝。
不與梅爭雪，孤芳傲東籬。
屈宋解賦茂，汀芷與芙蓉。
王孟山水秀，佳句入禪宗。
瀾照愛小菊，閒情賦愛儂。
無人之桃源，情流在山中。

新年

蘭心報新歲，千里一枝香；
小品人間貴，恩情萬古長。

金龍賢伉儷八秩雙壽

先生福慧至，上壽比彭鏗，
時下林泉好，平居勝少年。

感遇

金鐘不叩無雅音，詩歌不吟誰與知；
千載楠檜立雲嶂，難遇巧匠知其材。
萬古璞石終沈埋，和氏坐塗哭且哀。
君不聞，季子寒夜錐刺股，
顏駟三朝未遇時。
人生浮沈各有命，枯樹逢春發新枝。

揚帆四海暗潮助，繁華錦色雨露滋，
平生直道人間事，願為知音賦此詩。

蔡輝龍沈惠英學成以詩相贈

少小出生居後村，最難孝悌報親恩。
因供綠蔭培花木，為求前程勸子孫。
苦讀香江爭敢懈，勤翻古籍略安存。
王融初寫春林賦，日映青山月映門。

晚晴四則

一、春日晚晴

賞心花事在陽明，苦雨山中放晚晴；
櫻花不及紅顏老，一夜相思落地輕。

二、夏日晚晴

聞道輕雷破九颸，荷香送盡桂香來；

老農叱犢天晴晚，早稻盈倉晚稻栽。

三、秋日晚晴

平蕪寥落人去後，秋雨銜悲送別回；
猶記兩情相見日，一彎新月窺樓臺。

四、冬日晚晴

歲暮小樓寒氣迎，前程風雨未曾平；
老翁八十身猶健，策杖行歌愛晚晴。

題梁秀中教授畫

一、

魏萼堂前暑氣來，年年今日牡丹開。
嫣紅綠意浮雲出，迎取佳人上樓臺。

二、

巧思點染丹青畫，一品斜橫出井欄。
富貴人間君記取，秋來月滿對南山。

三、

白蘭凝似玉，墨葉轉如龍。
九畹春常在，門庭納好風。

望月

一夜秋歌天色新，滿川白露暗前津；
無情碧海多情月，依舊纏綿照故人。

賀雨盦社長七十

桐城自古山水秀，山水清音古亦然。
彩筆何須夢裏求，華藻才思本自妍。
雨盦結社效陶令，停雲詩友奉詩箋。
七十人生仁者壽，同儕舉觴祝華誕。
願效華豐三樽酒，祝君荷香詩萬篇。

行道樹

行道樹，葉常新，
中宵鵠立為佳人。
寧教霜雪凋枝葉，
莫道紅花落轍痕。

遊林家花園四題

一、來青閣

百代風煙轉物華，繡樓巧構正堪誇。
當年名取來青意，秀出江南第一家。

二、香玉簃

雨後迴廊春欲殘，惜春女子獨憑欄。
聞道清明花事了，重陽猶待把花看。

三、方鑑齋

齋前歲月本無心，染就方塘綠意沈。

賦罷停雲人去後，一簷風月照弦琴。

四、迴廊題壁

百年名邸傳燈火，斗栱華椽接彩軒。
主人茶酒迎賓客，牆頭留詩題古園。

人在圖畫中

重林高下樹青紅，妝點人家似畫中。
春色前村藏不住，隔谿分得一株松。

憶兩岸辭章學會紀事

文章本天成，巧思自定局。
提筆綴言辭，構思情理足。
華藻如花卉，才情入歌曲。
川媚水含珠，山秀石蘊玉。

或如眾星列，或如海揚波。

猶似春花發，脈理自婀娜。
秋月當空照，禪思引佛陀。
華夏文化秀，語言魅力多。

花樣年華

一、

青春狂放本天然，跋扈飛揚逐少年。
花樣時光如過客，輕煙飄逸夢魂牽。

二、

明眸皓齒俏佳人，長髮披肩正好春。
疑是銀河華樣女，落英津口渡凡塵。

重逢

重逢在五月，負手步芳林。
殘雲有餘色，百花無競心。

相隔竟半月，思念愈愁深。
傾耳雙溪畔，黃鸝傳好音。

春來歸時花已歸，落花那識晚春愁。
分明一樣室中坐，斗室生寒都為誰？

書齋種詩文

坐守書齋如園林，耕種詩文亦苦心。
文章典麗殷勤織，夢寢荒唐感念深。
胸有詩書氣自華，落筆千斤擲地聲。
雄才大略揮落日，桃李花開耳目新。

晚春思人

平疇綠野已紅稀，對面群山隔翠微。
為歡聚首好風日，同邀明月踏春歸。

賀劉白如教育家百歲嵩壽

徽州自古出人才，千萬桃李迎歲新。
英年出長台師院，獻身教育重人文。
訂定良師興國論，誠正勤樸為校訓。
曾掌台省教育廳，培育英才開國運。
君勝蕭韓多智慧，亂世精英重深耕。
辛勤百年不辭苦，華封祝壽松杉晴。

故鄉

一世漂泊如浮雲，出生卻在溪南坊。
幼年隨父來台灣，落腳風沙花蓮港。

抗日兵興返閩西，少年讀書在青溪。
山水靈秀氣質異，國學群籍略涉歷。

黃金歲月在台北，師資培育多艱辛。
作育英才不敢懈，上庠解惑五十春。

有人問我故鄉處，白雲漂泊不曾留。
凡是父母埋骨處，故鄉花蓮滄海浮。

香草箋

一、
藍天亦有撕裂裙，忙壞女媧縫補勤。
萬頃煙波相隔遠，銀河遙望月中雲。

二、
花氣柔香近晚春，當時猶記百花新。
而今明月依舊在，還照離人孤影身。

逝水年華

縱橫天地江山嬌，千古英雄射大鵰。
文筆輕狂吞落日，韶光飛逝白雲高。

端午

飄香粽葉慶端陽，遊子凌空思故鄉。
正是三通互訪日，長沙汨水弔忠良。

中秋

一、
金風送爽到蓬萊，萬户千門逶迤開。
難得人間沉伏久，一輪明月上樓台。

二、
一輪明白經天流，今夜輕雲掩臉羞。
欲訴相思難啓口，苕華幽夢過中秋。

減字木蘭花

淡水漁舸，落日餘輝紅勝火。
似寄人生，客居臺灣日有情。

陽明紗帽，面對青山禪靜好。
未入佛門，彩筆吟詩愛晚村。

作者簡介

張　健簡介

今年六月在福州三坊七巷古蹟攝

1965臺大中文所碩士畢業曾任國立台灣大學中文系專任教授、外文研究所博士班教授、文化大學中文系專任教授、香港新亞研究所客座教授、珠海書院客座教授、廣大學院講座教授、嶺南大學訪問教授、馬來西亞新紀元學院中文系客座教授、武漢中南財經大學新聞系客座教授、中山大學、彰師大、臺北藝術大學兼任教授、藍星詩社主編、《現代文學》編輯委員、《中國現代文學理論季刊》編輯委員、東方詩話學會創會理事、世界華文詩人協會創會理事、世界華文文學學會名譽顧問、中華民國著作權人協會理事、中國時報專欄作家、中央研究院中國文哲所訪問學人、文建會文藝創作班詩班主任、國家文藝獎、金鼎獎、金鐘獎、教育部文藝獎、中國時報文學獎等評審委員。曾在大學任教三十九門課。

現任：2002年由台大退休，現爲國立台灣大學中文系兼任教授。

著作：

詩集《春安大地》、《鞦韆上的假期》、《敲門的月光》、《鳳凰城》等四十多種，散文《哭與笑》、《人生廣場》、《汶津雜文集》等三十多種，小說《兩隻皮球》、《梅城故事》等，學術著作《詩話與詩評》、《中國古典詩新論》、《清代文學批評》、《情與韻：兩岸現代詩集錦》等十餘種，另有傳記、影評、翻譯等多種，共一百十餘種。

六月與子張遠（台大歷史博士）在福州林則徐紀念像前

詩論

新詩

古典詩

我的詩觀

一、詩是生命的巔峰狀態。

二、詩是愛、美與閒情逸致的密切結合。

三、詩是精鍊語言與獨特情思的結晶。

四、有時詩是另一種沉默的模式。

五、詩是天經地義，也可能是天翻地覆。

六、散文承載不了的情思，往往由詩包容之。

七、詩與非詩的界限，在於有無真摯詩思、盎然詩情。

八、詩的評鑑標準至少有五：（一）文字（含音韻）、（二）情感、（三）思想、（四）想像力、（五）結構與整體效果。一首詩如果其中三項都好，就是好詩；如果四項都好，就是第一流的詩；如果五項都高，就是偉大的詩。

論袁枚的繪畫詩

張健

袁枚是一個生活藝術家，也是一位美術賞鑒家，他的詩集中的題畫詩約有近百首，而且往往篇幅較長，興會淋漓。

他自己也會畫畫，曾作五絕一首云：

處處種幽蘭，朝朝對牡丹。主人心未足，自畫一花看。[1]

蘭花、牡丹都常年種園中，但有兩個缺點：1.不能常在眼前，2.不是我親身誕育，所以自己畫花，可以解決兩大缺憾。這也是子才的一種生活情趣。

但他不是畫家，只是畫的觀賞者，如〈題畫〉一詩云：

萬里驚風浪拍天，桅杆易斷纜難牽。是誰獨立高峰上？搖手人家莫放船。[2]

全詩二十八字，全寫畫面景象：首句由遠而近，次句特寫鏡頭。三句又拉遠鏡頭，四句在特寫之餘，復照顧到全景。這樣一來，上下遠近全照應到了。除此之外，不著一字評騭。但全詩把形象和動作串連起來，予人畫在眼前之感。

本文自袁枚百首繪畫詩中，擇其尤有代表性者一一加以論述。

(1)廣陵城中花十里，龍樓鳳閣參天起。婆羅爭舞〈踏搖娘〉，琵琶唱斷〈安公子〉。公子煙花最擅場，起家三十侍中郎。羊侃箏人誇爪甲，夏王車馬鬥重裀。東方日出烏啼早，美人爭試絲桐好。漏水能知夜短長，海棠留得春多少？白馬紫游韁，來游大路旁。初看〈小垂手〉，再看〈陌上桑〉。聽來天上〈回波樂〉，誰是吳兒木石腸！一聲鞭響垂楊處，人如蝴蝶花邊去。不聞〈小海〉扣歌舷，但見斜陽滿高樹。豪竹哀絲盡不歡，請君少駐再盤桓。誰知望斷樓頭婦，西北浮雲總不還。[3]

此詩寫揚州城貴族歌舞世界情事。龍樓鳳閣是寫建築之莊嚴華貴，〈踏搖娘〉、〈回波樂〉、〈小垂手〉，皆是伎樂、舞樂名。〈小海〉是吳人爲哀悼伍子胥殉國而作，但此中人並未聞見。有樂人，有佳人，有公子，白馬騎士搖鞭於大路旁，豪竹哀絲苦留人，家中婦人則久候之而不見返。「煙花」、「日出」、「烏啼」、「漏水」、「海棠」、「白馬紫韁」、「吳兒」、「垂楊」、「蝴蝶」、「花邊」、「歌舷」、「斜陽」、「高樹」、「浮雲」……由大自然物事到人間事情，不絕如縷，而「一聲鞭響」居中。鞭聲不可畫，盡在搖鞭之動作中。讀者按圖索驥，如可得見其繁華景象。

「花十里」到「西北浮雲」，主旨其實是末三字：「總不還」。

(2)正希先生發清興，雲藍剪紙如圓鏡。畫作達摩面壁形，高坐枯龜呼不應。泥金鉤髮蠆尾拳，側筆裁衣蟬翼勁。人疑道子以墨戲，或道無功將佛佞。以指喻馬隔兩塵，援儒入墨殊非稱。誰知先生畫佛即畫心，直是誠通非貌敬！事惟詣極方參玄，思不出神難入聖。當其爲文慘淡時，天外心歸功未竟。顏淵專精能坐忘，維摩憔悴常示痛。絕無意想結空花，那有風泉攪清聽？眉毫禿盡腸欲流，三才萬象同參證。較彼蒲團枯坐人，禪理文心果誰勝？寫靜者相示眾人，教用思功先練性。碧山煙去月才明，秋水風停波自定。文人學佛即升天，才子談禪多上乘。我爲增題墨數行，勝補雲堂一聲磬。[4]

金正希爲清初畫家，以畫佛像及菩薩像著稱。此詩題〈達摩像〉，由首句「發清興」始，二句寫畫紙如圓鏡。三句面壁形，四句坐龜狀——四句「呼不應」最生動。五、六兩句寫細節，「蟬翼勁」尤出色。七、八句以吳道子反襯他。九、十兩句謂儒禪不宜雜參（表面說「援儒入墨」）。十一句盛稱金先生畫佛寫出佛心。十三、四句又持論添加顏色。以下一氣貫注，加強論據。「那有風泉攪清聽」寫其靜，「絕無意想結空花」擬其眞。「眉毫」二句寫他苦功入神。練性即練技，風水停即心靜。文人學佛乃升天，此處顯示少年袁枚並不反佛譏禪。這首子才二十六歲（乾隆六年，1741）的作品，作了很好的印證。

全詩三分之一寫畫面，三分之一讚先生的畫藝及畫境，三分之一議論禪理文心畫意之關係。詩的結構，頗爲均勻，融抒、描、議爲一。

(3)秘書遺裔訪湘靈，手帶〈離騷〉過洞庭。漢水澹含二楚白，君山分作幾船青。風謠到處書斑竹，煙景歸來上畫屏。此日草堂秋似雪，雲璈蕭瑟供誰聽？[5]

按：峰青草堂或爲錢編修自家營建的讀書起居之所。此詩先寫錢之身世，三四寫草堂背景及景色，五、六句繼之。末二句結得忒有風致。

「澹含二楚白」生新，「分作幾船青」奇趣盎然；「風謠斑竹」恐是風吹斑竹聲之妙說；「草堂秋似雪」，令人回味不盡。

(4)五十年前舊舞衣，丹青留住彩雲飛。開圖且自簪花笑，不管人間萬事非。[6]

此詩爲張憶娘作，有序：「康熙初，蘇州倡張憶娘色藝冠時，好事者蔣綉谷爲寫〈簪花圖〉……亡何，圖被盜；迹之，在揚州巨賈家。綉谷子盤猗以他畫贖還。」詩共六首，以此首爲最佳。

前句交代事情的根本，次句以丹青、彩雲對述，加二「留住」、「飛」之動詞，極爲貼切，也極爲風致。三句寫實，加一「且自」而更生發，四句「不管」有力，「人間萬事非」，感慨萬千！

另一首說「青衫紅袖都零落，但見眞珠字數行。」是指尤遂堂等名人題簽，相對成吟，其實更顯出當年青衫紅袖之可貴。

(5)玉貌仙人衣帶斜，瓢邊橫插兩枝花。穿雲何事頻來去？天上嫌無賣酒家！[7]

玉貌仙人是此圖女主角，「衣帶斜」更凸顯祂的灑脫；不言鬢邊而曰「瓢邊」，是風趣也是沽酒主旨的旁證。穿雲上上下下，令人詫異，故設一問：莫非天上缺少酒家？四句點到爲止，而讀者已可想見其丹青遊戲之妙。

(6)我本扶桑民，手握金銀台。長侍玉皇側，朱顏如嬰孩。綠章奏事蝌蚪誤，眾人疑我非仙才。不使瓊宮窺秘笈，不使袖底生雲雷；不許裁衣持熨斗，不許調鼎和鹽梅。但賜玉船大如鵬馬背，採芝拾草尋蓬萊。頃刻碧虛金闕絕頂身，吹落荒煙巨浪如飛來。頭上有青天，腳下無黃埃。蜿蜒諸龍驚，簇簇魚蝦猜。送汝天上人，胡爲乎來哉？萬怪愁我得靈藥，復拔雞犬升仙階。磨牙吮血相賊害，巨魚欲食張其腮。我乃彎弓射殺之，但見撐天白骨光皚皚。我非古周公，能造指南車，不怕東南地缺無津涯；又非漢張騫，兩足乘浮槎，乘之直到嫦娥家。惟有隨風吹去如鷗耳，過盡千片萬片雲中花。天風茫茫吹不住，忽見先生搖手處。愛著青天明月光，把船且縛珊瑚樹。須臾萍號起雨康回珍，九門磔攘金雞鳴。我方鼾鼾夢入華胥國，不許蒼蠅在旁鼓翅作微聲。船已泊，進一觴，醉鄉與海同汪洋。天上海上游千場，青青鬢髮還無霜。8

此詩不但長，而且句法多變：三言、五言、七言、九言，參差交錯，使人眼花撩亂。而且前後六次換韻，是袁枚詩中很少見的現象。

詩由「我」爲扶桑民長侍玉帝說起，一路仙風冷冷，二「不使」二「不許」更令讀者印象深刻；玉船大如鵬背，采芝拾草，前尋蓬萊。「頃刻」更見奇景奇氣。「道汝」二句傾力一問，再展現「我」所承受的壓力和考驗。再用兩「非」下抑其氣勢；如鷗過處萬片雲花，已入天庭深處。而我方大夢，劇遊一場，居然毫髮無變。上天入海，眞遊似幻。而「醉鄉與海同汪洋」更是奇思異句。

一畫如一夢，一詩如一故事。此作之奇，在妙喻與奇想絡繹不絕。

(7)官清如鶴清，官行鶴亦行。一船官鶴雜，官吟鶴能答。鶴軒官不乘，官艙鶴轉據。今夜月明時，抱鶴宿何處？[9]

此時明明是借畫題而恣意發揮，重神不重貌。首句令人醒神，次句順水推舟。三句先云雜，令人一愕，四句官吟鶴答，令人一喜。五、六句鶴的身分大大提升；七、八句委婉一問，卻添許多風致。其實末聯與頭聯全不矛盾。

全詩完全不涉及畫面的安排及用色筆姿等，其實等同一首哲理詩。

(8)誰畫白頭翁？一笑不如鳥。生來自白頭，無人嫌汝老。[10]

這也是一首圖畫爲表、哲理爲裡的哲理詩。首二句說畫中白頭翁恆見笑於人；三句一轉，正因生來便是白頭，反而沒人嫌你老了。老而不老，是白頭翁的宿命。二十字全不見畫。

(9)幾番怕見晴江畫，今日重看淚又傾。十四幅梅春萬點，一千年事鶴三更。高人魂過山河冷，上界花輸筆墨清。聽說根盤共仙李，暗香疏影盡交情。[11]

此詩有序：「晴江明府畫梅絕奇，怛化後，人藏者則屬予加墨，以晴江之好予也。……今年夏五，展卷見梅花，如見宿草。……」

此詩首二句一抑一揚。三句「春萬點」生色，四句「一千年事」奇拔。「高人魂過」、「上界花輪」亦是巧對。末二句幻思入神。

此詩可上比林逋梅花詩，不必當作繪畫詩看也。

(10)作客天津未半年，思歸便畫送歸船。篙工添上三枝槳，猶恐春歸在客先。

隨園西北有高樓，樓上長江接檻流。無數帆檣天際影，可憐幾個是歸舟？[12]

晴洲因思鄉而寫畫歸舟圖，篙工加三槳，便是圖之全部樣相。末句無中生有，卻萌生多少風致！

二首由高樓看長江，由長江著帆船——可憐啊，此中幾艘船是歸舟？這一首明明不是說畫圖，而是借題發揮，用以烘托前一首亦可。

這不是畫外生情是什麼？

(11)使君忽心動：吾亦有桑麻。汝既安汝業，吾亦憶吾家。高掛烏紗冠，歸看白門花。白門有一人，種桑十年矣。半樓青溪雲，滿徑桃花水。若再欲話時，請君來洗耳。[13]

桑麻之圖，觸及實際人生，故有開首兩句。安汝業是圖畫，也是種桑麻；憶吾家則直接是憶桑麻生涯。五六句爽直。七、八句生新又平易。「半樓」兩句，寫景曼妙。末二句收拾得俐落而不失灑脫。此詩仍重在神，不在貌。

(12)天生良馬無人相，牛羊日坐麒麟上。午橋司馬氣不平，自取銀河洗眼障。南游滄海西蓬萊，朝朝高坐看龍媒，不將金馬門前式，劃取驪黃以外才。至今蕭蕭霜滿鬢，猶把丹青圖八駿。曾看天廄有龍無，搖手風前怕人問。我知此意常自憐：相牛相彘終天年。[14]

九方皋之相馬，在牝牡驪黃之外，相馬圖要如何畫？煞困人思慮。本詩開端兩句不此之圖，反大口譏諷天道不平，良馬棄置，牛羊得道。三、四句始入正題：武午橋不服氣，才用銀河之水洗昏花之老眼而畫馬，畫相馬。他到處遊歷，看盡名馬，但不用官式眼光看馬。至今白髮蕭蕭，仍畫八駿之圖，其用心之良苦可想而知；但也因此心懷忐忑，天下之事，難免如此：相牛相豬，多麼輕鬆愜意。全詩半頌半諷，未見圖影。

(13)東陽有哲人，著書盈其屋。不鑿楹下藏，但付子孫讀。其子亦老矣，抱書如抱翁。一刻不相離，與之偕西東。酒闌客散時，讀之聲嗈嗈。[15]

此詩不像吟畫詩，倒像一首簡約的敘事詩：東陽一家人，兩代都好書。兒子老了，仍然抱書如抱父。末二句是讀書圖。另一首「我有書無兒，披圖淚霑裳。」更是借題發揮。子才此年四十九歲（乾隆29年，1764），尚無一兒，六十歲才過繼堂弟香亭（袁樹）子袁通，六十三歲自生一子袁遲，故此時頻以無兒爲憾。

(14)沙渚一聲雁，瀟湘秋滿天。幽人方獨往，空水共澄鮮。明月乍離海，輕雲欲化煙。魚龍聽竹笛，知是小游仙。[16]

此詩寫景明麗，恍如王孟韋之詩。五、六兩句，尤其極爲有風韻。魚龍竹笛、小游仙，更是都無詩處見詩。此詩十足成就了「詩中有畫」之境。

(15)煙雲一幅〈輞川圖〉，何點從前此讀書。樓外雨花當塔墮，溪邊風柳隔橋疏。山雖已賣空存畫，臥可常游轉勝居。修葺不需題詠滿，子孫開卷即吾廬。[17]

首二句不但點題——地與人俱現——而且風致嫣然。輞川圖是王維之寶，何點是何家先賢。三、四句摹寫圖景，三句尤有奇氣，四句猶是常景。五句是實說，六句便不免虛張聲勢了。七、八兩句承上而啓後人之思，亦可說作者煞費苦心了。

(16)郎君裁總角，膝下簇金鞍。爲國馳驅意，教兒仔細看。騰風須萬里，捧日到雲端。從古凌煙閣，丹青兩代難。[18]

此詩由少年學騎寫起。三、四句虛寫，五、六句若實若虛。末二句是老實話，但仍帶著勉勵的意思。讀者可以想見：畫面上一騎一少年外，更有一輪紅日在東方，是寫實也是象徵。捧日是取功名富貴，抑是忠忱擁君主？皆可說得通。

(17)晉之土，五施平；晉之泉，洌以清。無人能取之，往往羸其瓶。　東方千騎，忽來陶君。授舍興泯，童冠如雲。執經問難，簇簇相看。君爲辟咡，舌燥唇乾。　乃取蓍筮，得卜之「井」。曰伯益所作，利民最永。鑿之拍之，勿短其綆。　一朝窮源，萬斛滃然。且甘且鮮，照影跰躚。考唐人水部，三億三萬三千，無此一泉。　皤皤父老，槃散行汲。粲粲門童，洊至講習。高梧之旁，碧峰之側。牽繩者僂，煮茗者啜。民曰「聖水」，士曰「教澤」。　昔有東先生，請天三日甘雨零。今有陶刺史，掘地七丈得泉水。千秋兩賢人，先後濟其美。　口傳懼訛，碑鐫懼磨。民愛云何？爰繪井圖，君子作歌。[19]

此詩句法奇，結構奇，似民歌非民歌，似兒歌非兒歌，但結撰謹嚴，「七解」井然。首段說晉土之泉雖清而難取，最有趣的是末句「羸其瓶」，視瓶如人，如病人。次段記陶太守之來，千騎從之，冠童聚首，曉諭眾人，唇焦舌敝。三段用蓍竟得「井」卦，莫非出自天意？四段謂古無此泉此井，作了反彈之調。五段，或指揮，或工作，或參加講習。「高梧」二句，八字清涼。六段以古喻今，以今比古，烘托陶太守之功德。七段述作圖吟詩之由來。

三言、四言、五言、六言、七言，七縱八横，自成文理。又是一篇敘事好詩。

(18)楊妃一口吐紅霞，便是春風富貴花。從此人間重眞色，胭脂不到畫師家。[20]

此詩至簡，用楊貴妃吐楊梅典（偏在詩中說「紅霞」），今日老人亦效之，在春風中又成此富貴之花。末二句有三分眞心，七分戲謔。但此詩既經人請託，便只能如此隨興吟之了。

(19)四瀆水獨流，一月光獨吐。只緣依傍空，獨有萬萬古。我友信生子，清才老吳、楚。瘦削若植鰭，飄飄欲霞舉。偶畫〈獨立圖〉，回顧無儕伍。敢希魏裴俠，高標立天府？庶幾唐杜陵，蒼茫詠詩苦。我亦孤詣人，蹲然手獨舞。……[21]

首二句破題，是用興法。三、四句更就「獨立」立言。五、六兩句介紹畫家黃信生，生於江南，是一清雋才人；瘦削而飄逸——「若植鰭」可說是一個怪喻。九、十句說〈獨立圖〉之獨特，一語雙關。裴俠嘗隨北魏孝武帝西遷，立大戰功，有鶴立雞群之姿，故子才在此用以相喻，又用老杜蒼茫獨立吟詩事，雙雙烘托獨立圖中人物。我看此畫，手舞足蹈，歡喜不禁。此詩雖有贅筆（後之詩句未引），卻是一首切題之作。

(20)一鶴矯翼翔，一鶴凌風舞。一客披衫立，軒軒共霞舉。客乃青雲人，朝陽丹鳳侶。胡爲不冠巾，與鶴相爾汝？客云我有心，別自藏靈府。不能向人言，惟有對鶴語。鶴住我爲賓，我行鶴爲主。行將掛煙帆，歸看鴛湖雨。高于清獻公，一琴亦不取。畫師更清絕，白描擅千古。人立不倚山，鶴立不踏土。安得乘軒入，風懷淡如許！[22]

此詩摛寫畫面景象最詳：首二句狀二鶴姿態；三句寫一客陪伴，似欲飄飄成仙。五、六句更補益之。七、八句故意開客人的玩笑：爲何不衣冠楚楚，卻與鶴爲伴侶？九、十兩句是代客人回答，十一、十二兩句說得更清楚：鶴比人更是知音。後半說人鶴形影不離，掛帆將歸。高公清廉，畫師更清絕，其白描之功，千古難匹。人立、鶴，各具風姿而獨特不倚。末二句寫淡淡風懷，已是人鶴不分了。

此詩形貌兼顧，堪稱鶴圖之絕唱。

(21)白草黃沙望眼迷，荒荒落日雪山西。群羊似解孤臣意，翹首南雲一剪齊。

李迪丹青筆最超，鄒生粉本更親描。擬教添個蘇卿婦，幾點胭脂染節毛。[23]

首二句以白草、黃沙、荒荒落日作背景，遠景則是雪山。其實白草、雪山都是白色，恰好與羊同色。還有南方的白雲、群羊似有心電感應，一起翹首向南，有如一剪之整齊。這是一幅觸處生色的牧羊圖！

次首以李迪比擬鄒若泉，是實說，然後忽然虛擬出一個蘇武的妻子來，要借她的胭脂染蘇武的節旄——或者意指蘇卿北海牧羊太辛苦、太孤獨，不如請蘇夫人來陪伴？這眞是馳思入幻了。不過胭脂可爲此圖增色！

(22)官署河防管庫名，官閑日日讀書聲。梅花手種三千樹，香入黃河水亦清。[24]

此詩前二句寫謝先生的爲人及生活；後二句正寫梅樹及〈種梅圖〉。種梅三千，已氣派十足；香入黃河河水竟清，乃是何等的想像，何等的讚譽，讀者讀此，如見其梅，如聞其香。另一首描寫梅的風姿：「雛鳳翾庭玉笋姿，百花頭上立三枝。」用雛鳳、玉筍喻梅，亦足見其標格之高。

(23)僧佑愛山棲，虞山結衡宇。蘧廬兩三椽，錯落橫煙渚。既已坐臥便，更把丹青取。寫作〈西莊圖〉、風月淡如許。愔愔獨坐時，孤懷少儔侶。雙槳聽拏音，七弦作琴語。但酌村中醪，不停户外屨。鴻妻亦最賢，農談相爾汝。[25]

這首詩據實摛寫圖中山莊模樣。首二句交代人與地；三、四句寫屋宇。五、六句寫作畫動機；七、八句稱許圖中風月淡，用色淺。圖中人獨坐鳴琴，酌酒自飲，其妻（用梁鴻孟光典）親切，與人作農事之談。看來全圖人物，不止屋主一人。

(24)吳生抱異才，長劍青天倚。忽然見梅花，再拜不能起。此膝久不屈，胡爲恭若此？想被此花迷，寒香入骨髓。如迎綠萼華，甘心投五體。如對藐姑仙，嗒然先喪己。老人披圖驚，私心爲梅喜。隨園七百株，看君來行禮。[26]

按此圖爲袁枚七十八歲（乾隆五十八年，1793）時所作，故詩中自稱「老人」。

吳秀才爲人夭矯不群，故以長劍倚天比喻他。但是他與梅有緣，與隨園七百棵梅樹有緣，故見梅心喜，遇梅下拜，情不自禁，且筆之於紙，畫成〈拜梅圖〉。

被梅所迷，寒香侵入他的骨髓中，乃是十分合理的推想。否則如此嶔崎磊落人，而有如此行爲？

後以綠萼華（仙女、女冠）、藐姑射之仙（出自《莊子》）來比喻，進一步說明吳生的心態。末抒自己的感受和欣喜之情，眞可說是賓主盡歡了。此詩仍未明示畫之構圖及筆法。

(25)展卷如登岱，松風撲面來。斯人正年少，隻手掃雲開。老去難忘舊，徵詩更愛才。不知溪畔鶴，可尚啄蒼苔？[27]

此詩精華在首二句：展開畫卷，但覺松風撲面——這當然是一種錯覺；又說如登泰山，把松山圖之松山全部點畫出來了。

四句「隻手掃雲開」，把趙君的畫技用象徵的手法比擬出來。

五、六兩句說趙也有詩才。最後兩句看似閒談，卻也增添了其人其畫的風致。

(26)小別西王母，紅塵四十年。三生緣忽了，一旦悟眞詮。洗手翻靈笈，拖裙采妙蓮。將心安放處，如月放中天。[28]

按駱佩香是袁枚晚年的女弟子，後來虔心歸道，子才特別在另一首裡說：「伊誰作導師？……莫說老袁絲。」因爲子才是不會影響學生去做道姑的，他徹徹底底是入世之人。

此詩以告別西王母打頭，其實也許正好相反：是皈依西王母。三、四句用「三生」，表示其道緣難能可貴。五、六句是具體寫照。最後兩句妙在末句用了一個貼切高明的巧喻（conceit）：悟道之心，正如月在中天，光明坦蕩，人盡可仰首而見。

(27)潯陽江上水，客過便情生。楓葉雖無影，琵琶尚有聲。花間雙蓓蕾，酒飲一經程。不忍匆匆別，題詩紀姓名。[29]

按：潯陽江在江西省九江市畔，因白居易在此吟成〈琵琶行〉而著名。此圖乃作者經潯陽江有感觸而作，所以次句明說「客過便情生。」楓葉無影，是針對〈琵琶行〉中「楓葉荻花秋瑟瑟」[30]一句而發。而琵琶聲尚在，則懷古之思猶有所寄託。

五句花開，特寫一蓓蕾，可謂爲江水添色；再加一經程飲酒，便更有意興。不忍匆別乃題詩。

這些全入圖畫中，便自有可觀之處了。

(28)十二欄杆秋水邊，珮環聲隔落花煙。神仙只有天台好，玉女一雙春萬年。[31]

秋水之畔，十二欄杆，便是一種富貴雅逸的氣氛。二句寫出環珮聲，而以花煙隔之襯之，亦自有意思。

三句突轉，天台山有好神仙，而此處的兩位玉女，正是神仙人——否則如何配得上「春萬年」？

全詩雖只四句，卻緩緩展示，如尺幅舒卷。另一首說：「朝雲暮雨半荒唐，擬把餘生托此鄉。」把楚襄王雲夢一夢活化了。

(29)伯時好洗玉，倪迂好洗桐。先生獨洗一片硯，所好與古將無同？先將取硯法，部居別白言其略；旋作洗硯圖，命丹青手相描摹。梧桐之蔭五月涼，先生科頭意若忙。呼九硯來如賜浴，奚奴次第投滄浪。參之太史著其潔，此意毋乃通文章？我聞楮先生、管城子，一齊大笑爲君喜。硯上之塵尚且無，胸中之塵可知矣！[32]

洗硯是一個很有趣的動作，也是文人一個很雅的節目或儀式。此詩所記，歷歷在目，先以宋人李公麟及元人倪瓚二位畫家的癖好打頭作喻：一好洗玉，一好洗梧桐；洗硯或同於洗玉。敘述過程之後，又以「呼」九硯「賜浴」爲擬人法；奚奴投諸滄浪，則是夸飾法。更用柳子厚文意，「著其潔」！在此筆紙全成了先生，是硯兒的好友，故爲之欣喜不已。末二句別出言外之意。乃使畫與詩俱臻上乘了。

除了題畫，還有一些題人畫像的詩，茲舉一以概其餘：

溫伯雪子來，持畫索詩篇。群公未有字，請我開其先。我乃開卷觀，玉貌殊娟娟。科頭長松下，松花盈其顛。竹枝秋痕滿，菊影寒露偏。有扇不搖風，恐散花中煙。有樓簾不捲，有美樓上眠。身非此中住，心倩此圖傳。畫餅雖難啖，畫意慎勿捐。……[33]

這位被袁枚稱作「溫伯雪子」的少年郎——溫十三郎，可能爲了附庸風雅，請人爲他畫了一幅畫像，既畫得白娟娟的俊秀，又置身於他並未住在其中的樓房裡：松花盈頂，竹枝、菊影爲襯；手中持扇而不搖；樓上有簾而不捲。

袁枚除了吟寫實景外，還作了兩個詮釋：簾閉是因爲有美人午眠，大概可以測知；有扇不搖是怕吹散了花叢中的煙霧。多麼優雅！

但是這是虛擬的，子才心中大約有些不以爲然，又不便說得太露骨，便只好落拓地說：畫餅充飢，實不能咬嚼眞餅，但畫家的造意和布置經營，卻不能抹殺。

結語

一、袁枚的詠畫詩，量頗多，質亦不弱。

二、袁枚愛畫成癖，故喜看畫、題畫，友人、晚輩亦以得其題詠爲榮。

三、由他諸首詠畫詩看來，他注意的是畫面及畫意，而對繪畫的技巧、筆法、用色等很少提及，可能他在這方面的造詣也較有限。

四、袁枚擅長把圖畫本身及畫家當作吟詠的主要對象，對畫面的描繪評析常嫌不足。

五、他常會借畫興慨，表達若干言外之意。

六、有一部分詠畫詩被袁枚寫成了哲理詩或敘事詩。

七、用喻頗多，時有巧喻、怪喻。

八、用典不多，偶用一、二，多屬熟典，罕用僻典。

九、他對畫具和畫布、畫紙拿材質，幾乎一律忽視。

十、他常把詠畫詩當作一種酬應之具。

十一、袁枚的詠畫詩在他的整體作品中多屬中上品，亦有少數爲上品。

注釋

1 袁枚：《袁枚全集》（南京：江蘇古籍出版社，1994），卷20，〈畫〉，頁404。
2 同上，卷21，〈題畫〉，頁429。
3 同上，卷2，〈爲保井公題〈搖鞭圖〉〉，頁24～25。
4 同上，卷2，〈題金正希畫〈達摩圖〉〉，頁26。
5 同上，卷3，〈題錢璵沙編修〈峰青草堂圖〉〉，頁30。
6 同上，卷7，〈題張憶娘簪花圖〉，頁109。
7 同上，卷7，〈徐題客〈穿雲沽酒圖〉〉，頁115。
8 同上，卷7，〈泛海行爲林爲山題畫〉，頁121～122。
9 同上，卷10，〈題程廣川〈載鶴圖〉〉，頁187。
10 同上，卷10，〈題畫〈白頭翁〉〉，頁203。
11 同上，卷13，〈題古人畫〉，頁236。

12 同上，卷13，〈題李晴洲〈天際歸舟圖〉〉，頁249。

13 同上，卷15，〈〈話桑麻圖〉爲方綺庭明府題〉，頁280。

14 同上，卷16，〈題武午橋〈相馬圖〉〉，頁307。

15 同上，卷18，〈題沈秀君〈抱書圖〉〉，頁356。

16 同上，卷18，〈俞楚江〈瀟湘看月圖〉〉，頁371-372。

17 同上，卷19，〈何秀才將售出園林，畫圖屬題〉，頁379。

18 同上，卷22，〈高制府〈據鞍習勩圖〉二首之二〉，頁446。

19 同上，卷24，〈題陶太守〈東井品泉圖圖〉〉，頁481。

20 同上，卷24，〈嘉興春雨，老人摘楊梅汁畫牡丹花屬余題句〉，頁500。

21 同上，卷25，〈黃信生〈獨立圖〉〉，頁527。

22 同上，卷26，〈題南浦觀察〈雙鶴對立圖〉〉，頁579-580。

23 同上，卷31，〈題鄒若泉〈牧羊圖〉〉，頁738。

24 同上，卷33，〈到清河題河庫觀察謝蘊山先生〈種梅圖〉〉，頁819。

25 同上，卷34，〈題王雲上〈西莊草堂圖〉〉，頁832。

26 同上，卷34，〈吳蘭雪秀才〈拜梅圖〉〉，頁846。

27 同上，卷36，〈題趙碌亭先生〈對松山圖〉〉，頁888。

28 同上，卷36，〈駱佩香女士〈歸道圖〉〉，頁903。

29 同上，卷37，〈潯陽客況圖〉，頁921。

30 同上，卷見戴君仁《詩選》（台北：中國文化大學出版部，1993），頁32。

31 同注1，詩集補遺卷一，〈〈雙美讀書圖〉〉，頁958。

32 同上，詩集補遺卷二，〈題沈秀才〈洗硯圖〉〉，頁974。

33 同上，詩集補遺卷二，〈題溫十三郎小照〉，頁988。

34 本文中作品凡提及創作年代者，皆參考楊鴻烈：《袁枚評傳》（台北：牧童出版社，1976）一書之二章〈袁枚年譜〉。

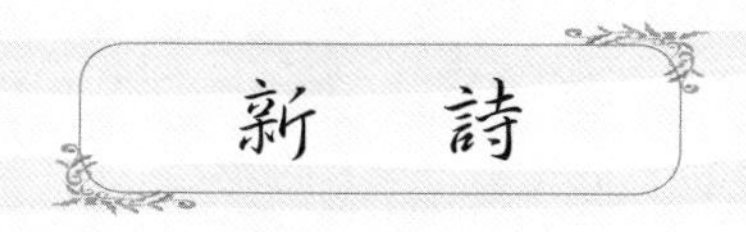

天鵝船

風微微的吹
山柔柔地睡
一隻俏天鵝
父子兩雙腿
盈盈小西湖
看不見西施
粼粼波光中
只見一小鴨
潛水又浮泅
陪伴著我倆
繚繞一世紀
陽光灑下來

註：一〇〇年一月廿四日與小遠同遊三義鄉西湖渡假村，乘天鵝船，以腳踏運轉，初重陰，終見陽光。

佳人

妳的一撩髮
　一展眉
　一翹首
使我沉淪到萬丈深淵

夜醒

雨聲　蚊鳴
構成子夜交響曲
千山　萬水
都到面前來

歲月

一片片大大小小的雪花
灑在我的頭上臉上身上
有的頃刻溶化
有的逐漸融解

小巷

辛辛苦苦走到小巷盡頭
完全沒有路了
我坐下來
放聲痛哭

小河

每個人心裡
都有一條河
故鄉的小河
童年的小河
山光和雲影
在裡頭摸魚
撈蝦覓蚌殼
偶然滑下去
自己爬起來
映照伊倩影
初戀的存證
永駐腦海中
海外有仙山
不如一條河

大衣

一件紅色短大衣
總是在我心櫥裡
飄來盪去

我終於下定決心
把它端端整整穿上身
坦坦蕩蕩地走上街去

註：讀章媛〈舊衣〉有感而作。

失眠

平平整整地
仰臥在牀上
等待老上帝
來上解剖課

觀音山

天天凝視妳
巍巍觀音山
三十年之後
妳緩緩起身

江國慶

十五年的血淚之後
終於還我清白了
不須經歷文書和程序
你由黑地獄
直昇天堂裡

櫻花

落地窗外
隔條小巷
一樹櫻花
如此燦爛
彷彿伊的生命

流水

時光是流水
我一滴一滴
啜吸入口中
一絲一毫也不漏

介之推

且不管那些人紛紛
追逐大魚和熊掌
我悄悄攜著母親
走進綿綿的山林
向世人示範隱逸
唔，野火燒不盡……

射月

我彎起長弓
瞄準月亮
猛射一箭
俏嫦娥把它穩穩接住

兩山

春天是一座山
死亡也是一座山
我在兩山之間
徬徨又留連

積木

我用一百塊積木
堆砌成我的生命
我這一生
也就不過如此

女伶

大塊文章
大號麵包
大張桐葉
巨型蘋果

網生

生命是千絲萬縷
密密編織
最後構成一張網
誰也逃脫不了

亂絲

一大段繽紛亂絲
忽然由胸腔底部
洶湧冒出頭來了
迅速將我全身綑住

山愛

愛是一座青山
我日夕攀登
有時小憩片刻
有時仰天長歎

俳句

一場滔天大火
焚毀了大地
卻焚不碎我的心

清掃

每天清晨起床
打掃自己心田
掃得乾乾淨淨
迎接東方旭日

尋

火山爆發時
千里來尋妳
你已和岩漿
融合成一體

晚報

我在晚報上看到自己的名字
彷彿四十年前
我向晚報鞠了一個躬
然後看了一則花邊新聞
接著就安心地去睡了
夢見自己的童年

山蝶

我把一座山
仔細摺疊成
一隻綠蝴蝶
射入藍天深深處

記夢

一個涼爽的下午
父子四人同散步
在小街上向店主
為我買感冒藥物
一個掏錢一接手
我不禁讚不絕口
滿心喜悅摸摸頭
繼續悠悠往前走

或人

有時背黑鍋
有時背十字架
有時背負半邊天
匍匐在宇宙一隅

舒伯特

今晨沒有吃早點
中午也沒有糧食
一張兩張五線紙
眼看要不夠用了
啊呀晚餐有聚會
不愁肚子再唱空城計
餐廳的菜單背後
就是我的樂譜
昨天把彼特送我的小提琴
壓壞了，唉，從小媽就說我粗心！
他們正在高談闊論
菜餚還沒上桌
今夜寫完這一曲
要到誰家借鋼琴試奏？

塞車

我的口腔裡時常塞車
晝夜不得安寧
牙齒們是大車
菜餚們是小車
擁擁擠擠，不可開交
我只好充當交通警察
左右指揮，滿頭大汗

俳句

愛是一隻小嘴
把我的滿腔熱血
吸吮一空

鄭成功像

高高聳立在那裡
彷彿向世界昭示
在高山大海之間
永遠有生命的莊嚴

註：廈門鼓浪嶼有高大威武的鄭成功立像。

關岳廟

相隔咫尺之間
三國兩晉唐床
這漫長的時光遊戲
竟凝成兩座不朽的金像

註：泉州有關岳廟，合祀關公、岳飛，香火鼎盛。

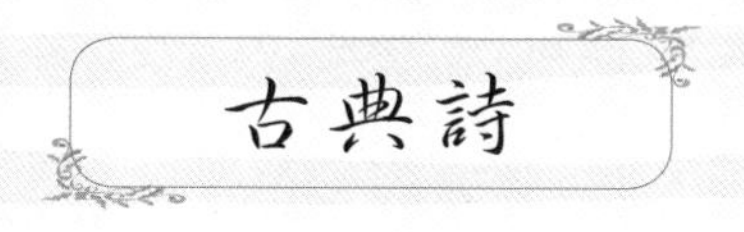

旅行

千山萬水不辭遠，車馳船航兩相宜。
若欲一日行萬里，更有波音七四七。

選舉

春眠不覺曉，處處聞啼鴉。
夜來風雨聲，花落到誰家？

書房

我坐書房中，宛若古帝王。
左抽復右翻，百花正盛放。

檯燈

安詳若達摩，面壁三十年。
微光乃智慧，照亮我心田。

鐘

時針忒篤定，秒針逐分針。
晝夜廿四時，紛紜我欲醺。

酒

劉伶大丈夫，日逐濁醪生。
李白陶淵明，詩伴杜康沉。

海

海是無垠夢，水手最暱親。
我偶入其懷，沉醉不復醒。

山

山是超人王，舉世罕有匹。
我乃小信徒，匍伏求菩提。

歌

卡拉OK妙，一唱三十首。
平生不展嗓，至此忘百憂。

渴

炎暑頻渾汗，更有百般累。
牛飲非吾事，但祈一滴淚。

夢

千奇復百怪，故人頻頻喚。
我入山穴中，渾身若癱瘓。

琴

千音復百韻，此物惹相思。
纖纖十玉指，逗引萬斛詩。

城居

卜居大台北，猶如籠中鳥。
捷運轟隆時，驟然付一笑。

斗室

斗室小如斗，一桌伴一椅。
讀書復吟詩，斯文堪療饑。

不泯情

四書又五經，盈溢我中心。
書中無黃金，唯有不泯情。

上課

一字又一字，注入學子心。
此中有真意，諸生喜傾聽。

太平山

昂昂太平山，深林藏千秋。
我在木屋居，風雲如兄弟。

顏色

紅黃藍白黑，原色人人愛。
橙褐綠紫灰，世界真精彩。

老去

老去萬事淡，偶濃如晚霞。
一一揮拂去，不留一鴻爪。

安居

清晨聞雞鳴，早餐伴旭日。
身安心亦定，不嫌夕陽遲。

龍坡里

十年居此里，見坡不見龍。
公園小如丸，日夕樂其中。

華岡

校在半山腰，岡上多樓閣。
三萬太學生，誦詩且讀冊。

颱風

八八是噩夢，巨風可吞舟。
樹倒房櫳摧，萬户今夕愁。

詩

一句擁一韻，騷人吟不休。
詩思如紡絲，終成一匹綢。

憶舊

巧笑如春花，迴眸如秋瀾。
千里復萬里，猶在方寸間。

日記

一頁復一頁，不是案頭曆。
人生萬花筒，分秒都不遺。

千年

千年如一日，只見斧柯爛。
我與蘇子瞻，共擁一片天。

釣魚

一竿垂溪上，恍如姜子牙。
釣餌如詩句，雅士吟難罷。

喝酒

我本絕酒客，盛宴每不歡。
今夕有佳人，破格飲一盌。

漫遊

雙足乃佳勝，一日遊半城。
此巷通何處？借問鄭成功。

馬英九

馬兒不停蹄，英雄忒辛苦。
九五非天子，元首是公僕。

苦琢

卿身是璧玉，我心如巨鑽。
十年苦琢雕，終使汝開展。

花博

百花遍四野，迎來四季情。
遊客如蜂蝶，翩翩復營營。

明星咖啡館

俯瞻城隍廟，春明品茗地。
詩人周夢蝶，曾在此面壁。

註：黃春明昔日常在此寫作；夢蝶擺攤樓下：太公垂釣，達摩面壁。

敬悼楊金平教授

澎湖農家之子弟，渡海來臺唸師院。
理化專業殷勤修，四年苦讀登杏壇。
力學敏教稱良師，只是未解苦鑽研。
林氏挺生愛後進，留職留薪赴東瀛。
東京大學乃名校，三年鍛鍊更向前。
歸來仍歸大同院，促成化工系創辦。
辛苦經營三十載，異軍突起分子界。
愛生如子且惜陰，桃李春風福綿綿。
晨起八時晚十一，研究深思且實驗。
論文二百數十篇，國際揚名非等閒。
為求更上一層樓，東京工大來續緣。

人皆少年我白頭，研修不落晚輩後。
學成返國無異念，鞠躬盡瘁大同苑。
誨人諄諄永不倦，專利研創使人羨。
不料肺疾乍來襲，數月纏綿竟不起。
病床週邊眾生繞，請益求教莫遲延。
一生待人以至誠，臨終猶為人師範。
此生孜孜復坦坦，妻賢子孝無餘憾。
忝為學弟張行健，未能識荊徒長歎。

作者簡介

徐德智簡介

2011年3月19日抱兒穆詞於婦幼醫院

徐德智，生於楊梅，現居板橋。畢業於富岡國小、富岡國中、武陵高中、東吳大學中文系、中興大學中文系碩士班，目前爲彰化師範大學國文系博士班博士候選人，兼任東吳大學講師，講授詞選暨習作等課程。素以詞學爲學術職志，而以填詞、讀詞爲生活至樂。國中自修古典詩，稍知古、絕、律之體。高中進而學詞，漸成偏嗜，屢忘寢食。碩班以後，每有所感，率皆以詞從事。大學時期，接觸現代詩亦多。古典詩詞不能如意者，輒遣之於現代詩，以適其興。

創作自娛，偶獲青睞，因其緣會，零星散佈於不足爲人道之處。

著有《明代吳門詞派研究》，以及學術論文數篇。

詩論

新詩

2005年7月15日於天心閣

古典詩

詩　觀

承蒙　邱師燮友先生厚愛，不以吾藉藉無名之晚輩，邀同梓行古典詩和現代詩，並命撰詩論一篇。——平日與一二詩友閒談之際，咖啡、果汁噏呷之間，儘管不免各抒己見，然而自知其量，穉拙甚矣，何況多爲斷章散句，潰不成篇。杯席嬉笑，吾信其功能猶在，至若呈獻大方之家，眞是野人獻曝，齒冷而已。既已受命，惴惴數日，勉強以手札方式錄出杯席間語，以表當時靈光乍現之失態。此般言語，姑且呼爲詩觀尚可，名之爲詩論則不敢。

1

唐代張彥遠《歷代名畫記》有云：「不爲無益之事，何以悅有涯之生？」文學是典型的無用之事，而詩則是無用中的無用。——陶淵明不愧爲大詩人，因爲他深知手撫素琴的快樂！

一般人所謂「無用」，指的是「自己不知道怎麼用」。

爲了安頓自己的生命，一般人知道求諸神壇與寺廟，捻香跪拜，唸幾句阿彌佗佛，祈禱未來。但是詩人以詩自救。對詩人而言，詩就是他的宗教，作詩就是儀式。

詩人知道「無用」之「大用」所在：人生的苦悶與快樂，都靠詩來消遣了。

坐在書房裡面自以為是，和作夢有什麼兩樣？作詩當然和作夢沒有兩樣，但這是可以無私分享的絕對美夢。

在這個必須先當市儈、才能當詩人的時代，作詩與作夢這兩件事，多麼令人嚮往。

2

詩人，於柴米油鹽醬醋茶之外，必過著詩人的生活，寫著生活的詩。

詩人的生活啊，多難！多少朋友，過了三十歲之後，往往不作詩；過了四十歲之後，往往不說心事。三十而立，經濟問題壓著你；四十而不惑，中年危機等著你。人越來越無法真誠面對自己。至於孤獨、平靜，這兩種藉以完成自己的重要人生狀態，離人越來越遙遠。

唯有具備實體的東西，才可能超越時空，流傳四方與後代。譬如：書本、照片、建築。——當你因為搬家，需要整理房間，不經意發現那些寫在筆記本裡的詩，是的！你終於相信了。原來你曾經過著詩人的生活。

3

不記得的往事，已不重要；記得的往事，不復重要。詩當然是一種往事。作為往事的詩，無關緊要；然而，寫不寫詩，事關重大。

詩人的一生，都在認識並了解世界的複雜，同時讓自己活得簡單。心中有詩，充其量只不過是詩人的一時化身。人在寫詩的當下，才是詩人。

你正在做一件事情，才有當下可言。在世事恰如流水的過程裏，保持自己一滴水的狀態，那就是當下。

如實地描述你的想法與感情，便已足夠。至於詩藝，那是批評家才關心的事。

如果認眞地去做一些事情、寫一些詩，生命就不那麼苦短。當有情風萬里捲潮來的時候，青山與我互照嫵媚的時候，請忘我地作詩！

人生渺渺，但求忘我而已。

新　詩

眼淚

眼淚比笑容容易書寫
句子本來就是思念的雛形
信紙折不好

一騎紅塵妃子笑
天下善男子都當立志做一個唐明皇
癡狂

世紀末前
所有的愛情都有效
除了政治

哪有什麼不好呢
帶一本詩集跪下
吟你的眉批

花笑了
哭了
便是你此生的目的

知道

氣象預報
明天會有個好天氣
於是知道了期待

買一片巧克力
孤獨時偷嚐
於是知道了快樂

電視聯播世界上最新的悲劇
並以之佐餐
於是知道了開關

電影總有不堪或精采之處
想要快轉或迴轉
於是知道了遙控器

電腦裏頭埋藏太多個人秘密
譬如自轉自閉症自動步槍
於是知道了防火牆

滿月旅行
我在下車前看見
你欲言又止

離別那一天
我們都忘記
相逢的原因（我們說過再見）

你睡得好熟
彷彿在夢中永恆地吟哦
美妙地歌唱

不知有一天
我們將忘記
離別的原因（我們說過再見）

帽子

你喜歡一頂帽子
並不代表你可以
從別人頭上摘走

時間摘走了
我
的帽子

無題

電視冷冷說出
我對你已經沒有感覺
老套的臺詞

最後夕陽砍倒一片相思樹林
那人拿起電話撥出
一首歌點給一個美麗的朋友

我聽廣播了喲
並在筆記本上記下
何年何月幾時幾分幾秒

整點新聞報導打斷
思念佛曰不可說
可以揉

仔細揉過的思念正好拿來
醒個一夜
證明通貨多麼膨脹

衛生紙再版越印越精簡
越老煉工廠老闆年輕時節
肯定是一擅長失戀的詩人

思君令人老唷
養寵物就別養怕照鏡子的
鬥魚格外敏感

若無其事的自己
優游的樣子
竟像你的髮

公無渡河唷
不就為了波羅蜜
一顆香甜的水果

泅泳是一項技藝
蹬開自己的夢
划向你的腦海深曲

什麼時候開始沒有心情寫詩
無論以何種成熟的方式思念

但都褻瀆了神褻瀆了經濟學

我羨慕那人
勇敢呵
膽於與電視對話

要是

要是老到某一定程度便成為一位哲學家整天住在夢裏思索年輕時的愛
要是兩次邂逅僅可以緣分解釋必然竊喜不發從此只寫快樂的詩且度日
要是能夠記住每朵花的名字該多好就不用再一一問起風帶來什麼消息

四月只賸獨坐向黃昏

夕陽無限好
留下了一個巨大的敗筆
明天依然落下

這桶冷水早該潑了
真清涼
夜靜春山空

意識

難道
完全聽不見
魚在玻璃缸裏吶喊

水漚
無助地上昇
在肉在夢之前幻滅

我有一種身子熱起來的快樂

我有一種身子熱起來的快樂
可惜不能讓你知道
春天，又重新歌唱起

種籽已經在田裏
卻猶疑
遲遲，不抽芽

一整個四月
都在等燕子回來
實現承諾

　但我真的老了
　無邊青草一踏
　骨頭便欲斷

燕尾雙雙似剪刀
會合
只為了剪開

墳前讀給孫子
你的情詩
歲久代遠而一如昨日

年年，見面的燕子
年年喊不出，我的名字
年年我說一遍，你的故事

當然投胎轉世的傳說是真實的
那麼多關於愛情的神話當然是
來過我的夢裏當然靈魂是暖的

接著會是五月
然後是六月……
有一天，我必也變成一顆種籽

熟練預測午後天氣
知了
道是有晴

註：四月七日星期一，祖母在家不慎跌倒，右大腿骨應時而裂。二天後，開刀植入一鋼釘，以為撐持。星期四晚上，母親來電告吾。周

五，吾回富岡，驅車往醫院探視，則祖母人已虛弱不勝，見之堪憐。風燭殘年，莫此爲比。憶及國二升國三暑假，至醫院探望罹癌開刀之祖父，景況歷歷。祖父物故十五年，以祖母之善感，平昔雖獨默不語，想必思念之情多。代祖母擬作。

不跟你玩了

我再也不跟你玩了
幼稚園的時候說過
為了糖果的緣故

我再也不跟你玩了
國小的時候說過
為了遙控車的緣故

我再也不跟你玩了
國中的時候說過
為了漫畫的緣故

我再也不跟你玩了
高中的時候說過
為了詩的緣故

我再也不跟你玩了
大學的時候說過
為了愛情的緣故

註：晚餐以小叮噹配飯，聽見靜香對大雄說：「我再也不跟你玩了！」
　　頗具詩意與哲思。

關於詩藝

退伍令那麼晦澀
最後也懂了
瑣碎的後現代

且到處馬桶的設計都同樣
我們相思的醜態想必類似
詩藝本身即一拙劣的意象

科學視野中的愛情研究

聊天何不就聊聊天文學呢
聊聊大霹靂是否自己的幻想
聊那些各自在原地運轉的世界彼此稱之為星星

果然有外星人嗎
難道不是科幻電影裏出現
抑或擦肩而過的人們

正確引用混沌理論
破解馬路上的牽手遊戲
不明飛行物愉悅地離開了

是的呵是的科學方法
經由精密的測量與觀察
終於可以提出你不愛我的假說

光年與歲月的平方成正比
遺忘和追問均為無理數
不得代入名字

以愛報復愛
啊多偉大的侵略計畫
此生相持謂之永遠

哈雷乃七十六年後歸來
忠告所有的望遠鏡
你我皆塵埃

最短的

名字
最短的
旋律

最短的
咒語
名字

詩
名字
最短的

無題

侯湘婷
從未謀面的戀人呵
你在哪裏

多想當面請教
證明算式
一加一等於二

數學真的不夠好
高中以後
經常為此困擾

故意考上數學系
才明白數學家們
也經常搞不清楚

供應草莓蛋糕的餐廳
其價格始終
不與成本有著對應關係

至於同時供應的高山烏龍
其茶葉到了一定的海拔之上
便開始不去在乎經緯度

侯湘婷
從未謀面的敵人呵
你在哪裏

多想當面見識
拉滿的弓
準星是否在心上

技術性擊倒
固然關於積分
甚至關於互相折磨

等待日月的潮間帶
招潮蟹已做好揮棒的準備
把自己打擊出去

可以舉起自己
卻舉不起思念

人間最輕之物

答案必然有所代價
在每個人的眼睛裏面點火
可惜了美好的肉體

註：靈感得之於北京奧運，故後半皆奧運項目。

無題

昨天幽靈們已經回去
女生開始不再結伴
在夜裏問為什麼

小姪子經常問起為什麼
用他剛學會的母音
疑惑我的眉交揉

數學講究屈指即澈悟
冰箱裏的果菜方死方生
窗前群燕殷勤商略著遠行

常數就是常數
沒有因緣例如生活
只需要減法與加法而已

上廁所去是減法
到餐桌來是加法
午覺則不生不滅

想起歷年秋光來臨的早上
醒轉以後赤裸的夢
總還在體內持續湧動

你在體外
進行不安定的工作
掀起白色的波浪

就讓海水染濕我堅定東指的帆幟
到了那個時候
我才真正成為你的一條支流

換季

如果買一份報紙
我便擁有一把剪刀的權力
裁下一片漂亮的葉子

那麼盆栽就不至於赤裸
聽說換季以及
今夜的霜降

硬碟的質問

硬碟壞了
一直質問我
是否要格式化

硬碟沒壞
格式化之後
又是一條好漢

硬碟的確壞了
卻只能完全格式化
無法讀取記憶中的檔名

愛情是最小的輪迴
在找到答案之前
不斷重新來過

即使是耶穌基督
只聽說復活過一次
信徒讀取裹屍布讀他們夢中的神話

染上遊街的惡習
四下尋訪
救世主的行腳

耶路撒冷的苦路上
你想什麼呢
石子朝臉亂砸

秋決
定了這麼涼快的一個調子
多希望能夠永遠彈奏下去

長頸鹿

長長的脖子
生來就是為了想望
樹上的愛

如果不是

不停地嚼著一首詩
嚼著欄杆外的非洲

如果是

下次到動物園
請保持安全距離

雙關語

我們做了一整個下午
練習題
關於核仁　鄉思　蠶絲　晴雨
還有黃昏

恪守本分的美德喲

晚間早早就寢
預備清晨對鏡
驗證是否

寧願相信一齣戲
不相信一句對白

題阿波羅與達芙妮雕像

順著你手指的方向看去
是月桂
是尚未摘下的王冠

最熠耀的那顆寶石
在你指端

（陡然想起什麼）

我慢慢雕著
一座意象

　　擁抱著
　　笑了卻哭泣

同鄉

遠遠聽見
瑪莉亞（Maria）慈祥討論
神學，五歲的小兒子

遠遠聽見
蘇菲（Sophie）熱烈析辯
哲學，遠方的愛情

遠遠聽見
葛瑞絲（Grace）清楚說明
經濟學，仲介費的降低百分比

遠遠聽見
凱蒂（Candy）愷切教導
天文學，半年後回家的日月

遠遠就聽見
她們的笑聲

遠遠地看見
四臺輪椅
無言以對

月台等待會車絕句二帖

1

坐

以待避

一道熱烈的眼神

2

比內八字更神秘

歌聲隱沒於唇間

暗暗抄下歌詞

夜裏思考人如何變成一張相片

夜空若非不是喧嘩的闃寂
裏面怎麼會潛藏不止獵户一個星座
思念僅以露水的形態在窗子暫時凝結
考驗詩人可敢像摩西將骨肉獻祭

人不過上帝一句玩笑或者氣話
如案頭最終冷掉的咖啡
何其苦澀卻清醒

變酸之前的曇花苞
成的階段然後住的階段
一輩子為似乎屬於自己的燈臺
張羅火焱

相不相信？夢的
片斷是我們唯一擁有的事物

一本詩集有如一頭小獸

一片
本義變動不居的一片
詩葉
集中飄落在沉思的黑色肩膀上面
有些形狀像雲，有些像雪

如若夜太寂寥，就賞翫
一片
頭皮屑
小且薄的一片
獸的新陳代謝

Salon

午餐之後
面山的沙龍昏昏欲睡

雲淡淡地說：
說好也好
不好也好
我要流動著自己
秋天稍後就來

手機弄丟的這幾天

我比一條狗快樂
狗不懂什麼叫做禪

打坐的時候過分專注
不禁向暖和的日光打了個大呵欠
巧克力因而融化

偶得三帖

1 徵文啓事

臨時工

免經驗可

2 熬夜

有人洗衣服。轉，扭，脫水。

3 幻想

一整隻手都放進售票口裏。

夏日哲學小徑

1 蚊子

如是我聞
這是一個因善吻
而惡名狼藉的時代
而我們不由自主地孵化

如是我聞
浪幾乎與花開同時
自海洋中央湧起
孤獨抵達未知
迢遙的彼岸

如是我聞
我依然此岸
尚且感到一陣溫暖的掌風
一道強烈的筆觸
我在蓮花的印象裏
突然死去

2 蛇

樹陰下不可棲息
因為佛洛伊德咒詛
蛇的多義性

厭倦舔舐
冰山的一角
你不可測量的心意

使壞的後果

時空是不可逆的。

包包不可放在地上
一旦放了
就只能在地上

你說沒什麼大不了
我覺得有關係

春天

冬天剛過的溪邊
情侶們已開始練習擁抱

單腳做夢的白鷺鷥
因意識到水位　悄悄上漲
而驚　飛

愛的答案

緣分
個性
佛洛伊德學說

睡覺這種事情
不可刻意地去做

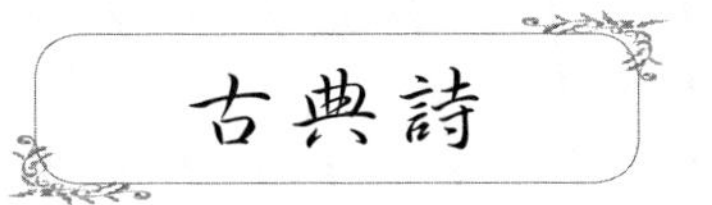

古典詩

眼兒媚

日前偶得流星，爲記。八月二日。并題碩士論文。

飛星一髮望西南。欲引思無端。蛩聲暗恨，燕子幽歡。　　廣寒宮殿佳人守，擬泛海天船。長憂又見，寂寞山川。

柳梢青

死別生離。新墳百載，腐朽芳菲。心上眉間，許多煩惱，只為當時。　　明看今日猶非。惜清淚、低聲讀詞。婉轉風流，春深能解，寂寞難支。

柳梢青

從軍初週所感

敕勒方歌。提兵又向，烈日中過。螻蟻青衿，蠶蟲歲月，任意銷磨。　樊籬更作維摩。一擡首、澄天鮮波。驀地無人，兩三紅葉，自落柔柯。

少年遊

又雨，懷悶。時連上無公用電話，須尋暇至鄰連商借，方得。

秋心總是畫無成。謂雨重煙輕。遊人久擬，家山何在，迤邐望天風。　雁鴻歸去無憑寄，枉嶺表重重。閨閣應知，徘徊蓑影，憐芳草青青。

小重山

冬至日，補休起床經中庭見山茶花開。晚餐紅豆湯圓、藥燉排骨及炒飯、炒麵，隨後八至十點站哨。越數天，得此詞。「輕雷」，車聲，人間詞用之。

舊歲和秋煮北風。聽輕雷滿閣、報嚴冬。雲間曾向捕飛鴻。猶如此，去處惘然中。　　應景食相同。過庭院小小、發新榮。每回夜直易清醒。苞枝下，且共趁從容。

一翦梅

4月24日在大坑罟海灘架線，25至28日在大福營區、北嶺架線，海景可觀，意態閒愜。北嶺爲蘇澳軍港制高點，視野極佳。聞軍方費三千萬於此造一觀景台，以利總統以下「嘉賓」欣賞漢光演習實況。架線數日，暇來望海，同袍云我必有作者，我應曰：然！

到處飛鴻似轉蓬。偶此盩灣，短寄輕篷。龜山企望似仙山，何日騎鯨，海霧曈曨。　　念昔仙人能御風。我駕吾心，權謝豐隆。仙人自是在人間，我見天然，我造天工。

唐多令

5月4日至9日，留守蘇澳北嶺，負責看顧安全管制中心裝備、電話分線箱及早晚開鎖門。除偶有高級長官前來視察外，餘無他事，讀書、閱風景而已。5 日向晚，撤收後，登多波道架台處，飽覽蘇澳、大坑罟、大福、頭城以至龜山島一帶海岸，海天轉紺，然顏色倍覺鮮明。雲霧俱凝，而寂寂不動；燈火萬家，稍次點燃，此間風光，更勝闃黑夜景。有幸饜之，當爲再記。大福營區靶機發射場，臨海而草長，多有水仙居此。宜蘭縣政府近年推展龜山島觀光，一人之費凡1600 元，自烏石港上船，可以登島并賞鯨豚。北嶺留守數日，日望龜山島，大有出航之想。

仙島出遙望。水仙戍海疆。問青衿、何處津梁。夜夜龍香幽夢裏，煙漠漠，水茫茫。　　拈萬户燈光。將三春碧浪。寫相思、月色千行。共遣天涯淪落事，西山外，是吾鄉。

喝火令

站8月19日零至二點連上安全，寫所見，并別礁溪。時值聖帕颱風肆虐。此亦是在礁溪站最後一次的哨。

狗夢風門側，蠅繞雨外燈。暫棲遲兩俱真空。想我一浮生事，明日第幾程。　　細膩溫泉水，娉婷小苑紅。更三番散步新停。舉首雲林，夏午卻冰清。剪不斷狂簷溜，數電裏鼾聲。

行香子

記9月11日通信基地期中測驗，黃昏藉草食便當。時距18日退伍已近，而兩足軍靴，皆穿破欲斷，中鋪鞋墊，勉強支持。

踏破皮鞋。識遍泥埃。適新雨、浹骨情懷。箕遨藉草，蔬飯聽咳。任從軍樂，從軍苦，忘形骸。三行錦字，驀地悲哀。好黃昏、飛漸天涯。五雲深處，自費疑猜。歲歲南北，年年是，揭歸來。

浣溪沙

聯合報活版自由詩徵稿，後入詩選

晚夏酸風半捲簾。花紅半地野泥乾。有人每向鏡前看。　　簾下微清花聲脆，明明指日去能還。花辭男子一天間。

風入松

退伍屆月，腳底往日站哨所生厚繭稍稍脫盡。新置大岩桐、沙漠玫瑰各一株，期期然日顧焉，不知何日將放。不數日，大岩桐苞欲放而葉枯垂垂，終焉死矣。乃手葬之，接苞翦葉，復歸於舊土。聽威爾第歌劇〈善變的女人〉，擊節大唱者三。作此詞，別花。

東床高臥獨醒人。卻似宿酲昏。秋香杳杳侵鼻孔，枕中有、挼手清芬。猛學念奴聲調，依依留取行雲。　　空盆了了自空存。早奪骨移根。相眠不得空相視，好言語、總付輕分。待月光輝先淡，陽台夜久生塵。

金人捧露盤

寫近況

偽春寒。沙發上，等閒看。十萬里、莽莽盤盤。長蛇陣勢，任他長車懶整衣冠。問何消得，幾日憂、幾日閑懽。　　周郎耳，從來惡，簫指促，瑟弦繁。為一笑、不惜喉穿。書生意氣，卻似吳宮向晚秋千。亂紅飛過，寫就詩、不動而然。

八六子

吾妹今日弄璋

錯金刀。霎時分斷，曾居渾沌鸞巢。嘆爾後非同宇宙，自今重造乾坤，海崩雲搖。　　嘻其生也迢迢。日月歲爬而走，能言語望垂髫。課學業、崢嶸始乎頭角，大乎名譽，裕乎經濟，九願覓得佳人窈窕，成全和樂笙簫。擁初髦。方知父劬母勞。

漢宮春

3月18日，晚餐後校園閑步，聞蟄雷如連鼙，商略春霖。俄而雨集，跳珠濺玉，倏然而止。腐水陳漚，一掃而盡。悟又一節氣矣。然則嚴寒已過，溽暑方來。明日，自八時至十八時，疲於操課，神幾不濟。越日，作此詞記感，欲寄遠人。

雷動玄黃，看螢生腐草，一剎霪霖。相思萬點，避人不入懷襟。相如午殢，燎沉香、暫憩琴心。新夢惡、鶯呼不起，惜春猶擁重衾。　　但使文君來晚，縱佳詩十萬，十萬空吟。長門偶然勝事，前地林檎。三千柳眼，且殷勤、尋訪遺簪。須索句、東風詞筆，重頭為賦其琛。

八聲甘州

節氣二十四，衍爲節日者，惟一清明。掛紙追遠，宜悲者今日；踏青攜手，宜喜者亦然。

約好風舉首上東皋，與我試春衫。望天涯何路，青青芳草，早我先占。清野無窮流水，洗我破雲帆。花底新詩句，憑我閒拈。　　記得前年蹤跡，看雙雙燕子，屢屢窺檐。舊巢都不在，來去語詹詹。最無憀、覓枝尋葉，拚一春、蜜意口中銜。銷磨了、世間多少，綠女紅男。

高陽臺

夏至後，日漸短。

時念花期，平平過卻，行人辜負東風。我做行人，酒杯辜負豐隆。從今迷墮殘陽裏，共夜長、醉蝶眠蜂。倩何人、為我諄諄，見説垂虹。　　鳳簫吹斷琉璃夢，乍銀柯爛漫，明月光中。幾度徘徊，暗香依舊簾櫳。萬般惟道涼宵好，阻追遊、春翼匆匆。拾三千、相思樹下，入骨深紅。

錦堂春

強賦七夕

流韻金風，題詩便面，琵琶慢撚清商。玉碗銀冰，痛快恰藥頹唐。爛漫鵲橋螢信，今夜天氣微涼。溯絳河迤邐，我所思兮，人在瀟湘。　　未央遙知無語，正蛛絲暗結，月照紅牆。誰探芙蓉心事，報入蘭房。露落兮君不見，攪海水、波起回腸。葉悴兮君不見，門户相傳，一夕幽香。

壽樓春

悼祖母。十月四日，移靈至殯儀館。五日，大殮、火化、入祖塔。大殮後，兒孫魚貫，持冥紙拭棺一周，以示告別。周畢紙落，心神悵黯。六日，余回台中，適二週。壽樓春本即悼亡所用，而不幸遘此，天抑有不意邪？晚餐後理髮，設計師謂我右鬢有白髮一莖。七日上課，八日授課，九日午後房中獨坐，窗外天藍鳥掠，時有綠風入懷。祖母卒後，自覺又老一點矣。

行行人遲回。漫雙成好語，么鳳低垂。木石無言相對，暗傷臨歧。追往事，疑猶非。十尺煙、蒼涼餘悲。萬里有情風，殷勤勸我，當讀大宗師。　空巢燕，爾安歸。例花開日落，南北東西。闊地高天遥目，白雲孤飛。愁綠草，隨人肥。百載身、須臾成灰。達窮價如何，夢中轉報徐甲知。

憶舊遊

清明返新屋老家祖塔祭掃，因思祖母，思祖父，思過去未來。鄰日，回台中。週一，疲於課業，剪燈補賦。

正春盤薦酒，翠葉呈英，頌祖之初。但信年年有，嘆同懽欲竟，一往而徂。問能寄幾多語，燃楮漫紆徐。歷九地繁華，恆河劫數，盡屬空虛。　　愁予。恨芳草，又宇宙無涯，心眼成蕪。俯仰惟情話，慰寮邊親戚，橋下游魚。連天塚上珠炮，紛擾懼棲梟。使妙手調醯，捐軀若此稱不辜。

西江月

道遇故人，互告親朋近況，并同赴雙溪。隔日抄詞有感，爲賦。

路上相逢問訊，眉間重認朱顏。芸窗棲鳥俱嬋娟。頻道己身常健。　　俛仰春寒秋煖，再來又是十年。請看溪水照群山。各自流光一片。

夜飛鵲

春末夏初，陰晴不能遽定。生活沉墮，相思困頓，走肉離魂，竟至一事無成。課以《金剛般若波羅密多經》及唐宋詞，數日，始稍豁然。今早再課，忽焉大笑，如過虎溪。

春心雨情緒，誰與安排。難覓墮珥遺釵。樓中寫恨五千字，庭中生滅蒿萊。前年柳仍在，自流連光影，拂拭亭臺。東風別後，恁殷勤、何事還來。
來把粉香吹落，收拾正相似，徐甲靈骸。吩咐金剛拈起，張牙怒覷，無染塵埃。美人授與，鬢邊簪、穩稱幽懷。噫呵呵相對，咳咳已解，風矣雄哉。

望海潮

六月十六日，博士班修課正式結束。十七日，一聚。十八日早上，無意中轉到公視，正開始播放電影《黑狗來了》。不知覺間，動情地看完。——人生的確有許多部分是荒謬的。忘食作此荒謬之詞。下片寫作詞，乃由過片引出。

南柯之下，何妨高臥，人生蟻突螻奔。行旅幸逢，邯鄲米飯，高陽酒客肥豚。隨處是芳芬。牡丹舊亭苑，空似羅裙。畫外吟詩，畫中誰近一枝春。
無言獨自椎輪。欲輕過蜀道，直上崑崙。風竹暗驚，啼猿不斷，高唐看盡朝雲。登嶺亦嶙嶙。託訊遼東鶴，還報諸君。回首蒼茫草草，流水遶孤邨。

虞美人

和黃山谷。追記七月十日午寐惡夢所寫寄皆被退回。

瑤臺收得雙魚信。攜與花間近。支頤覆手欲開遲。犖火素冰披歷滿花枝。　　菩提知我愛生妒。故謫人間住。落香遺骨徑將深。拾取燈前細繹舊時心。

望海潮

追念顏天佑老師和《史記》課。顏師早歲治詞，既而攻曲，後并以《史記》蜚聲。論授《史記》，明於實然應然、必然偶然、天人之分。杏壇之上，屢次提及舞台劇《暗戀桃花源》，中多慨歎。夙嬰肝疾，終爲所奪。漢樂府〈有所思〉有「秋風肅肅晨風颸」之句，颸即思字，鳥悲鳴也。

儒生風度，重頭譜就，當年拚戰江濱。天下事功，殘雄賸霸，徒勞洗耳殷勤。麇起報彊秦。歎天數人力，猶自因循。斬盡千竿，要教肝膽瀝青筠。

樓頭小立沾巾。但天風白草，海氣黃雲。初轉雁行，涼思未慣，中間苦費酸辛。何處可尋津。寶轡堪會意，侘傺逡巡。高士幽蘭採去，空谷有餘薰。

西江月

八月二十三日晚間，詞選暑修班期中考，監考偶讀稼軒〈西江月・遣興〉，即教席和之遣興。末句用劉辰翁

〈蘭陵王・丙子送春〉：「正江令恨別，庾信愁賦。二人皆北去。」

明月何妨照我，市廛久作潛夫。秋風無賴漫翻書。中有柔腸出處。　　飲水江湖彷彿，時而蝶夢蘧如。從來醉倒自家扶。目送二人北去。

西江月

夏秋之際，凡壯士所觸，必屬多感。頃閱村上春樹《舞舞舞》，大有桓溫當年撫柳之嘆。代桓大將軍思良方，唯有「舞舞舞」而已。九月十日晚間，詞選暑修班期末考，監考自和〈西江月〉一闋。廢論，謂進行中之博論也。

伐剪長髭廢論，空山一箇樵夫。時還讀我小詞書。贏取秋霜白露。　　塵土平生多少，經過猶是前途。重扶金柳欲何如。只有橫戈醉舞。

西江月

九月十七日，五點食畢晚餐，即至D大樓四樓教師休息室，等待八點二十分至十點五分之詞選課。陽台風光頗佳，可遠溯外雙溪之秋水，直上陽明山幽谷之間。空翠既昏，華燈徐引，夜景尤爲宜人。溪上有橋，通往自強隧道，而行車奔馳，譬若地上流星，目之令人神迷。溪旁設棧道，并雅座數處，大學男女生多遊至此，嬉戲無忌。三年前之今日，身攜退伍令，獨步離開岡山營區，一往不顧。胸懷泱泱，自信得以大展手腳。未料時光匆遽，亦如當時高鐵上所見之似飛逝景，乃徒得人事奔走之跡而已。

樓外聽人笑語，為歡須信少年。人間何苦學憑闌。待到楚天雲散。　　日暮依猶小立，漫言虫二相關。駸駸橋下逝長川。橋上輕雷不斷。

沁園春

十一月七日，遊新社花海。古院賞茶花，憶昔礁溪營中所見。

吹動瓊瑤，萬頃潾浪，照萬里天。正破禪花氣，都迷邂逅，入仙國色，不覺蹁躚。攜手輕過，虹梁流水，梧下時聞鳴彩鵷。人行處，在紅塵世界，綺陌中間。　　曾經魂夢西園。訪深曲芳菲只獨看。念數年開落，秋心孤白，今朝多少，清露初寒。倦足暫停，相逢未識，俯首微吟憶舊篇。斯庭古，想何當存問，一剎留連。

臨江仙

吾愛張炎〈高陽臺〉「無心再續笙歌夢，掩重門、淺醉閑眠」之語，首二句用焉，聽雨足之。時批改學生詞選習作。

無心再續笙歌夢，何妨淺醉閑眠。且燃燈下李詩箋。殘冬情勢，長是雨綿連。　　一冊臥游春正好，寒衾細算流年。黃蜂故意惜嬋娟。也曾飛到，陌上小花邊。

清平樂

久不到錢穆素書樓，忘幾年矣。午餐後偶然乘興，閒尋大學舊蹤跡，而光景大異。樓側有黃金竹，舊主人所手植。主人捐館舍，竹猶勃勃。又歷觀一樓客廳、二樓書房、臥室、陽臺。客廳壁掛舊照，乃舊主人晚年堂上授課盛況。試立書房椅背，想像當日寫作之貌沉神動。臥室極簡潔。臥室窗外即陽臺，面外雙溪。設二藤椅，舊主人或於此悄心暗度諸多晨昏。我亦坐此假寐，圖得半晌遺世滋味。然而中有詞意，不能遽成。昨日晨興，乘高鐵南下，申請博士候選人資格考核。事畢，旋即北返。未午，人已原地。高鐵之上，深慨千金易買旅程之迅捷，而流光輕逝，不可再遘。中有詞意，亦不能強賦。今日晚間詞選期中考，監考作此。和辛棄疾題上盧橋韻。

幽人不在。一院空如海。到此人人生眷愛。舊照廳堂光采。　　黃金難得矯篁。斜陽何用思量。釋卷一時假寐，誰曾道是清狂。

漁歌子三闋

閒以〈漁歌子〉爲體，衍譯《魯拜集》一百一闋，積已過半，今錄三。

其十九

I sometimes think that never blows so red
The Rose as where some buried Coesar bled;
That every Hyacinth the Garden wears
Dropt in her Lap from some once lovely Head.

花好年年勝去年。年年顏色輸從前。花似昔，憶流年。當時為我佩胸前。

其二十五

Alike for those who for To-day prepare,
And those that after some To-morrow stare,
A Muezzin from the Tower of Darkness cries
"Fools! your Reward is neither Here nor There!"

我種西園更力鋤。待君來歲賞茱萸。聞老圃，子時哭。「空中望報一何愚。」

其四十

As then the Tulip for her morning sup.

Of Heav'nly Vintage from the soil looks up,

Do you devoutly do the like, till Heav'n

To Earth invert you- like an empty Cup.

　　看鬱金香飲露晞。酒泉滋壤告春回。何所似，則何為。人生不過似空杯。

國家圖書館出版品預行編目(CIP)資料

並蒂詩風 / 徐世澤等合著. -- 初版. -- 臺北市 : 萬卷樓, 2011.12

面 ; 公分

ISBN 978-957-739-733-1(平裝)

831.86 100024225

並蒂詩風 ISBN 978-957-739-733-1

2011 年 12 月初版 平裝 **定價：新台幣 460 元**

合　　著　徐世澤 邱燮友 張 健 徐德智
發 行 人　陳滿銘
總 編 輯　陳滿銘
副總編輯　張晏瑞
封面設計　耶麗米

出 版 者　萬卷樓圖書股份有限公司
編輯部地址　106 臺北市羅斯福路二段 41 號 9 樓之 4
電話　02-23216565
傳真　02-23218698
電郵　wanjuan@seed.net.tw
發行所地址　106 臺北市羅斯福路二段 41 號 6 樓之 3
電話　02-23216565
傳真　02-23944113
印 刷 者　中茂分色製版印刷事業股份有限公司

新聞局出版事業登記證局版臺業字第 5655 號

網路書店　www.wanjuan.com.tw
劃撥帳號　15624015